新潮文庫

私と踊って

恩田 陸著

新潮社版

10242

私と踊って▼目次

私と踊って

心変わり

この照明のデザインは、絶対にタマゴの殻からイメージしたに違いない。

デスクの上に垂れさがるオレンジ色の照明を見ながら、城山《しろやま》はそう考えた。

タマゴの三分の一を切り取ったような形の照明は、柔らかな光をデスクに投げかけている。

肘掛《ひじか》けのついたオフィスチェアは、デスクから出されて横向きの状態になっていた。

机の端にコーヒーの入ったマグカップが置かれていて、ちょっと見たところ、デスクの主はほんの少し席を離れている、という感じである。

しかし、机の真ん中にでんと置かれた、大きなデスクトップのパソコンの電源は落ちている。パソコンの電源を落としていったのならば、しばらく席を離れるつもりだったということになる。

なのに、照明は点《つ》いたままなのだ。

長時間席を離れるのならば、奴《やつ》の性格からいって、照明も消すだろうし、きちんと椅子《いす》を入れていくだろう。マグカップを、こんなデスクのぎりぎりに置いてあるというのも解《げ》せない。

矛盾している。ほんの少し席を離れるだけならば、今のパソコンはすぐに待機画面になってそんなに電気を食うわけではないし、いちいち電源を落としてはいかないはずだ。奴は幾つか大詰めの企画仕事を抱えていたわけだし。

城山は頭を掻《か》き、隣に立っている営業企画部の若い男を振り返った。

「で、誰も樺島《かばしま》が出て行くのを見てはいないんだね？　出かけるとか、早引けするとか、何か伝言していったわけでもない」

「はい」

「でも、荷物はなくなっている、と」

「そうなんです」

「腹壊して、トイレにこもってるわけでもない」

「トイレも見ました」

「じゃあ、やっぱり本人の意志で帰ったとしか思えないわけだ。誰かが荷物を持ち出したんじゃない限り」

「ええ」

「どこかから緊急の連絡があったという話もないね。家族の具合が悪いとか」

「ありません」

樺島の助手をしていた江藤が心底不思議そうな声を出した。

「だけど、変ですよ。どうして樺島さんが会社から姿を消さなきゃならないんです？樺島さんはほとんどがデスクワークだし、出かける用件があったとも聞いていません。誰にも何も言わずに、ですよ。ありえません」

こいつは、いったい何本眼鏡を持っているのだろう。見るたびにフレームの色が違うような気がする。

「だよなあ」

江藤の玉虫色（としかいいようのない面妖《めんよう》な色だった）の眼鏡を見ながら、城山は相槌《あいづち》を打った。

さっきから、上空をバラバラと音を立ててヘリコプターが旋回している。樺島のデスクの脇《わき》は大きな窓で、そこから黒いヘリコプターが見えた。

このビルは古くて、ここ六階でも窓が開く。窓枠も相当クラシックな造りだ。最近ではレトロと言われることもあるが、建て付けはよくない。

「なんだかヘリがうるさいな。午前中から飛んでるけど、何かあったのかな」

「さあ、なんでしょうね」

二人で窓の外を見上げる。

ヘリコプターだけではない。近くで工事もしているらしく、時折ダッダッダッ、という規則正しい振動音が続いていて、声を張り上げないと江藤の声も聞き取れないくらいだ。

窓のすぐ下は、首都高速道路が走っている。工事の音は、防音壁に挟まれた道路の向こう側から聞こえてくるようだ。クレーンのようなものが飛び出しているのが見える。

城山は、ふと、樺島のデスクのオフィス電話の受話器を取り上げ、リダイヤルボタンを押してみた。そこに出たのは四桁《けた》の、城山の内線番号である。

やっぱり、俺に掛けたのが最後か。

城山は首をひねった。

今朝の十時頃、総務の城山に樺島から内線電話があった。

「同窓会の連絡来たか？」

いきなり彼はそう言った。

樺島は同期だったし、大学でゼミも一緒だった。が、内線電話でそんなことを聞いてきたのは初めてだし、唐突だったので「え？」と聞き返すと、樺島は続けてこう言ったのだ。

「俺、行けないや。ミラーさんが心変わりしちゃってさ、その日仕事なんだよ。富樫《とがし》によろしく言っといてくれ」

「誰だよミラーさんて」

城山はあっけに取られて聞き返した。

「それに富樫？　俺にはまだ連絡来てないぞ。あいつが幹事なのか？」

「頼む」

樺島はそう言ってさっさと電話を切ってしまった。

面食らって受話器を見つめていたが、仕事に関係のある用ではないし、城山はすぐにそのことを忘れてしまった。

が、午後から樺島の姿が見えない、と同じチームの者が言い出してちょっとした騒ぎになっているのを聞き、内線電話のことを思い出して彼のデスクまでやってきたのだ。

樺島の上司、樺島のチームの部長である玉田《たまだ》が江藤に聞く。

「樺島の携帯は？」

「掛けましたが出ません」

二人はボソボソと訝《いぶか》しげに話し合っていたが、何か事情があるのかもしれないので少し様子をみることにしたようだ。

事情。どちらかといえば几帳面《きちようめん》な樺島が、仕事を放り出すような事情があること、そしてそんな事情を誰にも伝えないなんて信じられない。

城山は唇をへの字に歪《ゆが》め、樺島のデスクの上のデスクトップの暗い影を見つめていた。そこに、彼のへの字形の唇が映っている。

なんとなく、城山はデスクの前に腰を下ろした。ぐるりと椅子を回してデスクに向き合ったとたん、違和感を覚えた。

なんだ、これ。

すぐにその理由に思い当たった。

椅子が低いのだ。

変だな。

城山は椅子を見下ろした。樺島は俺よりも背が低いのに、どうしてこんなに椅子を低くしてあるんだ？

なんだか奇妙な心地になる。誰かが俺の前に座ったとも思えない。樺島自身が椅子を下げたのだとしか考えられない。

城山はなんとなく周囲を窺《うかが》い、そっと机の下を覗《のぞ》きこんだ。

そこには小さな段ボール箱があって、その上に軍手が一組載せてあった。

妙だな。

城山は、また違和感を覚える。こんなイレギュラーにしか使わないものを奴が放り出しておくはずがない。

軍手を引っ張り出してみる。まだ新しいものだったが、人差し指の先端だけが黒く汚れていた。しげしげと眺めてみるが、それ以外はなんの変哲もないただの軍手である。

割り切れない気持ちを感じながらも、城山は軍手を机の下に戻した。

なんだろう、この変な感じ。

城山は身体《からだ》を起こし、デスクの前に座り直した。

なんとなく、樺島が、軍手を自分に見せた、という気がした。椅子を低くしておいて、机の下に置いてあった軍手を見つけるようにさせたのだ。

なぜ？

いつしか、首の後ろが冷たくなっていた。

城山は、改めて、デスク周りをゆっくりと見つめた。

他人の机の前に座ると、プライベートを覗き見しているような後ろめたい心地になる。まるでその人物になりすましたような気がしてくるのだ。

目の前には、青いパーテーションのボードがあり、カレンダーやメモ、雑誌か何かの切抜きなどが整然と貼《は》ってある。

城山は、正面に貼ってある切抜きに目が引き寄せられた。

首都高速道路防音壁工事のお知らせ

それは、そっけない告知の文章で、藁半紙《わらばんし》から切り抜かれたものだった。近隣への告知のため、ポストに投げ込んであるタイプの文書から切り抜いたのだろう。実施日時は昨夜。深夜から朝まで、となっている。

首都高速道路。

城山は、反射的に窓の外に目をやった。

トラックの行き交う道路の向こうの防音壁をよく見ると、確かに他の部分と色が違う、白くて新しい箇所がある。ちょうど、T字形に壁が交換されているようだ。

あそこのことだろうか。

城山はもう一度その切抜きを見た。

ふと、その切抜きの下に、もう一枚紙切れがあるのに気付く。

ピンを抜いてみると、写真が出てきた。

防音壁が欠けた写真。

手に持って、窓の外の壁と見比べてみる。

やはり、ここから見えるあの白い箇所らしい。どういう事情なのか、壁がT字形に欠けている。破損したのを取り除いたものらしい。

この写真は、樺島が撮ったものだろうか。切抜きでなく、デジカメをプリントしたもののようである。

城山は、この切抜きと写真が、この低い椅子に座った時の目の高さに貼ってあったことに思い当たった。他のものよりも、少し低い位置に貼ってあるのだ。

どうしてこの写真を？

城山はしげしげと写真を見つめた。

すると、防音壁の欠けたところから、向こうに一軒の家が見えることに気付いた。

その家と首都高速のあいだにある建物を取り壊しているところらしく、むきだしになった鉄筋が見える。そのせいで、かなり離れたところにある家が真正面に見えるのだ。

フランス窓とバルコニー。

お屋敷というのがふさわしいような、糸杉に囲まれた豪邸である。

城山は、もう一度窓の外に目をやった。

もう壁は直されているので、その向こうには何も見えない。が、上から飛び出したクレーンの位置からいって、この写真の中で建物を取り壊したところに新しい建物を建てているのは明らかである。さっきからダッダッダッ、という断続的に続く工事音は、あそこの工事の音だったのだ。

だんだん気味が悪くなってきた。

樺島は、誰かがこの椅子に座ってこの切抜きと写真、そして窓の外の景色に気付くよう誘導している。

突然、腑《ふ》に落ちた。

あの奇妙な内線電話。奴は、俺がここに来るよう望んでいた。ここに俺を座らせたいと考えていたのだ。

城山は、混乱した面持ちで机の周りを見た。

ふと、左側に目をやった時、誰かが振り向くのが見えてギョッとした。

小さな鏡が斜めに置いてあったのだ。

こんなところに鏡が。

その鏡はコンパクト形で、開いた蓋《ふた》の部分を支えにして鏡を立てるようになっていた。

そして、机の上の埃《ほこり》の位置からみて、元々は違う向きに置かれていたようだった。

城山は、そろそろと鏡を動かしていき、埃の中に四角く白抜きになった場所に、鏡を収めてみた。

その瞬間、鏡の中に動く影があって再びぎくりとする。

樺島の上司、玉田だった。

鏡は、ちょうど玉田の動きがよく分かるような位置に置かれていたのだ。

このフロアは、窓のそばに打ち合わせや作業のための大きなテーブルがあり、それに背を向けて囲むようにチームのメンバーのデスクが並べられている。そして、玉田はテーブルの反対側にいて、全員の背中及びパソコンの画面が見える位置に座っているのである。樺島のデスクの鏡は、玉田の動きが分かるように置かれていた。小さな鏡なので、玉田のほうからは分かりにくいだろう。

どうして玉田を？

またしても首をひねらざるを得なかった。まあ、こちらばかりが監視されているのも嫌だとか、上司が誰を見ているのか知りたいとか、いろいろ理由はあるだろうが。

鏡を見て、さっきの切抜きを見る。

玉田と首都高速の工事が関係あるとでも？

何がなんだか、ちんぷんかんぷんだった。

鏡の中で電話をしている玉田を見る。

数ヶ月前にヘッドハンティングされてきた男で、かなりの切れ者という話だ。

ぼんやりと眺めていると、視界の隅に赤い矢印が見えた。

矢印？

意識を集中してみると、それは、鏡の中に映っている、マグカップの裏側にあった。

赤い矢印がカップの裏側に、サインペンで書かれている。

城山は愕然《がくぜん》とした。

今度こそ、樺島が意図したことを悟ったからだ。

どうしてこんなデスクのぎりぎりにマグカップが置いてあるのかと思ったが、あの小さな鏡を元の位置に戻した時に、マグカップの矢印が目に入るようにしたためだったのだ。

そこまで計算していたなんて。

城山は冷や汗が浮かぶのを感じながらも、矢印の示すところに目をやらずにはいられなかった。

矢印の先にあるもの。

デスクの右側に、ひっそりと小さな鉢植えが二つ並べられていた。

子供の拳《こぶし》ほどの大きさの黒いゴムの鉢植えで、パンジーを小さくしたような感じの黄色と紫の花弁がちんまりと開いていた。

が、ひとつは普通に咲いているのだが、もうひとつのほうは枯れている。

しかも、その枯れ方は奇妙だった。咲いている花の中に、ひとすじの道のようなものがあって、そこの部分だけが赤茶けたように枯れている。そこだけ薬品を掛けたかのようである。

熱湯でも掛けたんだろうか。

そう思って花を見ていると、その枯れたほうの鉢植えの前に、黒い染《し》みが落ちていることに気付いた。

もう乾いているが、インクの染みのようになったそれは、どうやらコーヒーの染みのようである。

コーヒー。

城山は、何気なくマグカップの中のコーヒーに目をやった。

まだ半分以上残っている。そして、カップの外側に、コーヒーが伝った跡がある。

突然、城山は全身が硬直するのを感じた。

自分でも、なぜそんな反応をしたのかよく分からなかった。が、脳裏では稲妻のように直感が閃《ひらめ》いていた。

毒。

コーヒーに毒が入っていた。あるいは、そうではないかと疑っていた。樺島は、それを確かめようと、コーヒーを花に掛けてみた。むろん、熱のせいなのか毒のせいなのかは分からないけれど、花は枯れ、変色した。

凍りついたように、城山はマグカップの中身と外側のコーヒーの跡、そして鉢植えの前の染みを見下ろしていた。

理由はともあれ、樺島がコーヒーを鉢植えに掛けたことはかなりの確率で信憑性《しんぴょうせい》があると思った。

毒なのか、何かの薬品なのか。誰がそんなものをこのマグカップに入れたのか。妄想に過ぎないとは思っても、枯れた花弁と黒い染みを見ると、思わず身体を引いてしまう。

ここでいったい何が起こっているのだろう。

樺島に、いったい何が起きたのだろう。

どくんどくんと心臓の音が全身に響いてくる。その心臓の音に、まだ上空を旋回するヘリコプターの音が重なる。

「――ねえねえ、聞いた？　最高裁判所長官、撃たれたんだって」

突然、そんな若い女性の声が耳に飛び込んできた。

「えー」

複数の悲鳴が上がる。

「この近くらしいよ。ゆうべ遅くに、誰かの公邸にいるところを撃たれて重体なんだって」

「そうなの？　あのヘリコプター、そのせいなんだ」

「えー、知らなかった。朝のニュースではまだ報道されてなかったよね」

「ネットのニュースにもなかったよ」

「今、記者会見やってる。まだ意識ないって」

「こわーい」

一瞬、会話の内容が頭に入ってこず、理解するまでにしばらくかかった。

心臓のどくんどくんという音。

その音に重なる、ヘリコプターのバラバラという音――

突然、頭の中に、くっきりと何かが像を結んだ。

この近くらしいよ。ゆうべ遅くに、誰かの公邸にいるところを撃たれて重体なんだって。


城山は思わず窓の外に目をやった。

ゆうべ遅く。防音壁工事は、深夜から朝まで。

昨日の夜はまだ、あそこは壁がなかった。

そして、壁のない部分から真正面に、あの屋敷が見えた――

このオフィスビルは古く、上の階も窓が開く。

深夜、オフィスの暗がりでじっとその時を待つ誰か。窓を開け、そこからライフル銃を構える誰か——深夜の首都高速は、多くのトラックが飛ばしている。銃声が誰かの耳に入ったかどうか。混乱した公邸で、どこから撃たれたか調べるまでどのくらい時間が掛かったか。夜中に粛々と進められた防音壁工事。朝には、壁はすっかり元通り塞《ふさ》がれてしまっている——

あまりにも生々しい想像のため、城山は動けなくなった。

妄想だ。そんなこと、起きるはずがない。この平和な日常の中、そんなことをする人間がこのオフィスにいるはずはない。

そう必死に自分に言い聞かせるのだが、城山の頭の中で、窓の隙間《すきま》から銃を構えているのは、いつのまにか玉田になっていた。

数ヶ月前に転職してきた男、このオフィスに入り込んできた前歴のよく分からない男。

まさか、そんなことがあるはずはない。ハリウッド映画じゃあるまいし、そんなことが起きるはずはない。

しかし、頭の中では、樺島の内線電話の声が響いている。

ミラーさんが心変わりしちゃってさ。

ミラーさん――鏡の中の影。鏡の中にいた男。

頭の中で繰り返しながらも、城山は、のろのろと机の下にかがみこんでいた。

最初に見つけた、あの軍手。あの軍手の意味するところに思い当たったのだ。

汚れた人差し指。これはきっと――

城山はゆっくりと立ち上がり、柔らかい光を投げかける、タマゴに似た形の照明を見た。

この照明が点けっぱなしだった理由。照明に注目してもらいたかった理由。

そっと首を傾け、照明の裏側を覗き込む。

果たして、そこには、うっすらと積もった埃を、軍手の指でこすって書いた文字があった。

S← HELP ME K

一瞬、頭の中が真っ白になり、呼吸ができなくなった。胸が苦しい。

城山は、目を閉じて深呼吸した。

落ち着け。俺が落ち着かなくてどうする。

のんびりと欠伸《あくび》をして、「さ、総務に戻るか」と誰にともなく呟《つぶや》く。

「どうしましょう、樺島さん。もう一度電話してみますね」

江藤が携帯電話を耳に当てる。

城山は、玉田がこちらを注視しているのを強く意識したが、何気ないふうを装《よそお》う。

江藤はしばらく呼び出し音を聞いていたが、首を振った。

「ダメですね。留守電になっちゃって」

「俺も掛けてみるよ」

城山も、のんびりした口調で自分の携帯電話を取り出す。

呼び出し音を、固唾《かたず》を呑《の》んで聞く。

どこにいるんだ、樺島。身の危険を感じていたんだな、おまえは。もしかして、誰かに脅されて、会社から連れ出されたんじゃないのか。助けを求める隙もなく、俺に内線電話を掛けたんじゃないのか。もう誰かにつかまっているんじゃないのか。

留守番電話サービスに繋《つな》がった。

城山は、努めて平静な口調で吹き込んだ。

「俺だ、城山だ。連絡くれ。同窓会の件、富樫には伝えておく」

祈るような気持ちで電話を切った。樺島がこのメッセージを聞きますように。

「じゃあ、あとでまた来るよ」

城山は不安そうにしている江藤に頷《うなず》いてみせ、歩き出した。

そうだ、同窓会だ。

富樫によろしく言っといてくれ。

樺島の声。

富樫。同じゼミだった富樫。そうなのだ、あいつはうちの学年でただ一人、警察官になったのだ。

玉田の探るような視線を背中に感じるが、必死に気付かないふりをする。落ち着け。何も気にしていないようにここを出るのだ。

城山は、廊下に出ると、思わず溜息《ためいき》をつき、次の瞬間、顔を上げて駆け出していた。

富樫に連絡しよう。どこからどう話せばいいのか分からないけれど、きっとあいつならこの話を信じてくれるはずだ。

急がなくては。きっとまだ間に合う。

頭の中の地図で、いちばん近い警察署の場所を探す。長官狙撃《そげき》事件の担当を呼んでもらってこのビルに来てもらい、あの写真を見せて話を聞いてもらおう。

城山は祈った。

待っててくれ、樺島。必ずおまえを助け出す。
運命がまだ心変わりしないうちに、必ず。

骰子《さいころ》の七の目

渋谷駅前の殺人的に混み合うスクランブル交差点を渡り、化粧品や香水の匂《にお》いが漏れてくる西武百貨店の前を過ぎ、信号を無視して短い横断歩道を渡って左に曲がり、渋谷ロフトの前にやってくると、いつも何かを思い出しそうになる。

それが、開業当時からずっと店の入口に流れているガムランみたいな音楽のせいだと気付いたのはつい最近のことである。

あの、エコーのかかった不思議な音階と、低音でたんたたたたんたん、たんたたたたんたん、と響いている太鼓のリズムを聞いていると、自分にとって重要な何かを忘れているような気がして、ひどく憂鬱《ゆううつ》になってしまうのだ。

今日もスタジオに急ごうと早足でロフトの前を突っ切ろうとしたら、またエコーのかかった音階と太鼓のリズムが身体《からだ》に飛び込んできて、ふと子供の頃に聞いた童話を思い出した。

あれはいったいどこでだったろう、子供会か林間学校の催しのひとつか、それとも祖母の家で親戚《しんせき》の誰かが話してくれたのか。

有名な童話だ。泉に樵《きこり》が斧《おの》を落としてしまったら、泉の精が出てきて、金の斧か銀の斧か鉄の斧か選べという話。舌切り雀《すずめ》と同じ話の構造だな、と思ったことを覚えている。

栄《えい》ちゃんだったら、どれを選ぶ？

はて、忘れていた重要なこととはこの童話だったのかしらんと思うが、これがそんなに重要なこととも思えない。きっと別のことだろう。ともかくスタジオに急がなくては、と早足で坂道を登る。

今日は月に一度の戦略会議の日で、公開になっているのでおのずと身が引き締まる。街中にあるファッションビルの一階が、ガラス張りの広いスタジオになっていて、四角いテーブルにはいつものメンバーが集まっていた。外にはこの日を待っていた人たちがずらりと並び、期待に満ちたまなざしでこちらを見ているので、自然と背筋が伸び、人々を安心させようと笑顔が浮かんでくるのだった。

私は会釈《えしやく》しながら自分の席に着いて、最も都民に信用を与えるであろうと思われる表情でテーブルの上に指を組んだ。

ソフトな物腰の若月《わかつき》教授、みんなが密《ひそ》かに「番頭さん」と呼んでいる、恰幅《かつぷく》はよいが威圧的でない城間《しろま》さん、上品ですらりとした御殿場《ごてんば》さん、学術的かつ知的な雰囲気の漂う忠津《ただつ》さん、ふっくらした頰と大きな黒眼が誰にも親しまれる「お母さん」こと妹尾《せのお》さん。ここにいるのは都民の平均的な意見を代表する、都民の良識とでも言うべき人たちだ。その中の一人であることを、私はとても誇らしく思っている。

しかし、今日は何かが違った。

一点、いつもの風景に濁りがある。

何が違うのだろう?

きょろきょろと探し回ったあげく、私の目はテーブルの隅に座っている、見覚えのない若い女のところで止まった。

はて、この女は誰だろう。初めて見る。

私は女を観察した。

きっちりと切り揃《そろ》えられた前髪と、まっすぐに伸びた長い髪。顔立ちは整っているが、どこか能面のように無機質なものを感じさせる。

灰色のスーツを着て、まるで影のように静かに座っている。他の良識ある皆さんに比べるとまるで存在感がなく、下手するとそこにいることに気付かれないのではないかと思うほどだ。

「ねえ、あの方はどなたですか」

私は隣に座っている御殿場さんにそっと尋ねる。

御殿場さんは私の視線の先を見て驚いたように目を見開く。

「まあ、びっくりしました、あんなところにあんな人が座っているなんて。あたくし、気づきませんでしたわ、あなたに言われるまで」

「先月はいませんでしたよね」

御殿場さんは眉《まゆ》をひそめて頷《うなず》く。

「ええ、初めて見る顔ですわ。誰に呼ばれたんでしょう、あたくしたちは良識ある都民の代表なのに、あんな人を混ぜていいんでしょうか」

「本当に。もしかすると、テロップか何かを出すスタッフかもしれませんよ」

「ああ、なるほど。そうかもしれません」

コソコソと話をするが、女は全く周囲の様子にも自分が見られていることにも頓《とん》着《ちゃく》せず、ひっそりとその場に座っていて、本当に影か置き物のようだ。

パッと天井の照明が点いた。TVカメラも回っている。この会議の模様は、ケーブルTVで都民にも生中継されるのだ。

司会役のDJ、小川さんがみんなを見回し、一礼する。我々も一礼する。

壁には、たくさんのモニターがあって、テーブルに着いている出席者の顔を一人一人映し出している。

みんなのにこやかな顔。私の落ち着いた顔。しかし、その中に笑っていない、影のような若い女の顔がある。そこだけモニターが暗く、禍々《まがまが》しい雰囲気が漂っている。

私はなんとなく不快な気分になった。

なぜこんな女を入れたのだろう。誰が彼女を選んだのだろう。

良識ある私たちの会議が汚《けが》されたような気がした。

「さあ、今日のテーマはこれです。柱時計か、腕時計か」

小川さんがにっこり笑って、モニターに映し出された議題を指し示す。

「そもそも腕時計ってどうなんでしょう」

穏やかに切り出したのは、縁無し眼鏡が知的な忠津さんだ。

「これ、こないだもテーマになりましたよね。腕時計か、携帯電話か、でしたっけ。あれは携帯電話を時計代わりに使うのはいかがなものか、携帯電話はあくまで電話として使うべきであるという結論じゃありませんでしたか。ちょっと、今回のテーマはあれと大同小異というか、テーマにするのもなんなのかなと」

「そんなことありませんよ。携帯電話と腕時計を比べるのと、柱時計と腕時計を比べるんじゃ、全然違うでしょう」

そう切り返すのは若月教授である。

「携帯電話と腕時計は、あくまで『携える』ことが主眼なのであって、同じ時計だからというくくりで見るのは危険だと思います。柱時計と腕時計。ここで初めて同じ『時計』という土俵に上がることができるんですよ。柱に固定された、いつも同じ場所にある時計と腕に着けたポータブルな時計。ここでやっと問題が明確になるんです」

若月教授は声がいい。その心地よい、耳に爽《さわ》やかな声を聞くと心が落ち着く。

「私は柱時計ですね。断然、柱時計ですよ」

「番頭さん」こと城間さんが恰幅のよい身体を乗り出すようにしてそう断言すると、和《なご》やかな笑い声が上がった。城間さんは、ちょっとおっちょこちょいなところと、勢いこんで断言するところがみんなのムードメーカーになっているのだ。

「出ましたね、城間さんの『断然』が」

そう言って若月教授がからかうと、また笑い声が上がった。「いやあ」と城間さんが頭を掻《か》き、それでも勢い込んでいつもの「城間節」をまくしたてた。

「と言いますのもね、私ね、子供の頃から柱時計の係だったんですよ、ホラ、あの、チョウチョみたいな形の鍵《かぎ》でね、柱時計のゼンマイをね、月に一度捲《ま》く係だったんです、家の中のね。それこそ、曾《ひい》じいさんが店開く時に記念で買った柱時計だったんです、ガラスの扉に開店日が白いペンキで書きこんでありましてね、扉の内側に鍵が置いてあって、椅子《いす》に上がってゼンマイ捲くのが楽しみでね。柱時計っていうのは家族の中心にあるもんです、みんなが見上げるでしょ、大みそかなんか、みんなで年が明けるのを時計見ながら待つ、あれがいいんですよ。いつもそこにあって揺るぎない存在、そういう頼もしさ、安心感、そういったものを柱時計は象徴してるんです。やっぱり、柱時計ですよ」

「そうですね、あたしも柱時計だなあ」

ふっくらとした笑みを浮かべ、妹尾さんが絶妙な相槌《あいづち》を打つ。

「柱時計って鳴るじゃないですか、三十分に一度、ポーンって。忙しい主婦にとっては、あれがリズムになるんですね、朝からコマネズミみたいに家族のために働いて、家の中のことやって、くるくる働いているうちにもう夕方ですよ、でも、柱時計が鳴ると、生活にリズムができるんですね、規則正しく動けるようになるし。規則正しい生活、これが基本でしょ。腕時計って、ちょっと贅沢《ぜいたく》な感じ、どうしてあんなに高い時計を身に着けなくちゃならないんでしょうか。いつも理解に苦しみます。いい時計をしてると、人が欲しがるでしょ。見なければ誰も欲しがらないのにね。そんな高いものを身に着けてるから、カツアゲとかいって、人の物が欲しくなって、非行に走ったりするんです。これね、やっぱり、腕時計だからですよ」

妹尾さんは、御殿場さんに「ねえ」と同意を求める。

もちろん、御殿場さんも大きく頷く。窓ガラスの外でも、妹尾さんたちと同年輩の、子供を持つ女たちが一緒に頷く。そうよ、断然柱時計よ、という囁《ささや》き声が漏れる。

よしよし、今日も会議は順調に正しい方向に向かっている。

私は満足する。

けれど、そこで忠津さんが少し困ったような顔になる。

「なんだか柱時計が優勢だけど、僕は腕時計にも一票入れたいな」

「あれ、忠津さん、どうしたんですか」

御殿場さんが冷やかすように笑いかける。

むろん、こういう会議には反対意見も必要だ。私は寛大な笑みを浮かべて忠津さんの声に耳を傾ける。

「だって、時を身に着けるって、ちょっと素敵じゃないですか？　職人さんの技術と美意識が詰め込まれた腕時計もいっぱいあるし、それって人類の叡智《えいち》の結晶でしょ？　そういうものを否定するのは、なんだか淋《さび》しい気がして」

「あら、『時を身に着ける』なんて、ロマンチックな言い回しね。忠津先生がそんなロマンチストだとは知りませんでしたわ」

御殿場さんが艶然《えんぜん》とした笑みを浮かべると、忠津さんが照れた。

「もちろん、時計の値段や見た目に気を取られて、盗みに走ったり、身分不相応のものを手に入れようとするのは言語道断ですよ。だけど、職人の技術を賞賛したり、古い細工を愛《め》でたりするのは、モノを大事にするということや、技術の進歩ということで悪いことじゃないと思うんです。そういうものを素敵だと思う心を、子供たちに持ってほしいですね」

「そうですね、モノを大事にして、技術を尊ぶことは大事ですよね。あたしもそれは賛成です」

妹尾さんもすかさず相槌を打つ。

「だけど、やっぱり家庭の基本は柱時計じゃありませんか。家に柱時計があれば、みんなで時間を共有することの大切さを実感できると思います。人の基本は家庭ですもの。一人一人が腕時計を持つのは、なんだかちょっと淋しい気がします。何より、そんなに何本も腕時計があったら、もったいないじゃありませんか」

そうだなあ、基本は家庭だよね。

確かにもったいない、もったいない。

同意の囁きが交わされ、皆が微笑《ほほえ》みを確認しあう。

私の中に、喜びが込み上げてきた。

良識ある私たちは、いつものように良識ある結論に達しようとしている。私はこの瞬間が、みんなで正しい判断を共有しているこの瞬間がとても好きだ。

「別に、どっちだっていいじゃありませんか。柱時計だって、腕時計だって。両方持ってたって構わないし、腕時計をいっぱい持ってたっていいんじゃないですか」

突然、冷たくて感情のない声が響いた。

皆が、冷や水を浴びせられたような表情になった。が、すぐに表情を繕い、同時にきょろきょろと落ち着きのない目で周囲を見回す。

今のは誰の発言だろう？

ふと、テーブルの隅にいる、影のような女に目が留まった。

まさか、この女の声だったのだろうか？　そんなそぶりは全くなく、押し黙って座っているこの若くて無表情な女が？

皆、戸惑ったが、助け船を出すように御殿場さんが声を上げた。

「ホラ、有楽町に、演奏する柱時計がありますよね？　一時間ごとに、小さな人形たちが柱時計の中から出てきて、素敵な音楽を奏《かな》でる時計。あそこは、みんなの待ち合わせ場所になってます。柱時計って、そういう、みんなの心を一つにする力があると思うんです。みんなが同じものを見て、一か所に集うのって素敵じゃありませんか」

みんなが微笑みを浮かべて頷く。

もっともだ。みんなが同じものを見て、同じふうに感じ、集うのは素敵だ。

しかし、切り裂くナイフのような冷たい声が、またもや私たちの平和に水を差した。

「どうして二者択一なんです？　どうして両方選んじゃいけないんですか。みんなが同じものを見たからって同じことを感じるとは限らないんじゃないでしょうか。そんなの、不自然じゃないですか」

ざわざわとスタジオの外が不穏にざわめく。テーブルを囲む人々の顔にも小さな不安が浮かぶ。なんだ、この表情は。疑惑、不安、猜疑心《さいぎしん》。そういう歪《ゆが》んだ表情が、私は嫌いだ。まさか、このスタジオでこんな顔を見ようとは。

私は思わず口を開いていた。

「いけません」

威厳のある、人々を安心させる声で叫ぶ。

「わがままは許されませんよ、皆さん、子供の頃のことを思い出してみてください。おやつやおもちゃは、必ず二つのうち一つを選ばされたでしょ。選ぶ、ということは自主性を育てることなんです。迷いに迷って、どちらもなんて、許されなかったでしょ。やっぱり物事ははっきりさせて、どちらか一つに絞らなくちゃ。選ぶことによって、判断力も育っていきます。優柔不断は、とてもよくないことです。人は無数の選択肢の中からどれかを選び取ることによって、進歩してゆくんです。私たちは、柱時計か、腕時計か、どちらかを選ばなきゃいけません。このあいだは、腕時計を選びましたよね、携帯電話ではなく。あの判断を、みんな誇らしく思っているはずです。決断できた私たち、選択できた私たち、それが良識ある都民であり、良識ある暮らしであるはずです。そうでしょう？」

私は自分の声がどんなに力強いか知っている。

人々の目はたちまち輝きを取り戻し、私の声に励まされ、スタジオの内と外で強く頷く人々に私は満足する。

「馬鹿馬鹿《ばかばか》しい」

三たび、今度ははっきりと嘲《あざけ》るような声が冷たくスタジオに響き渡った。

「あのね、虫歯になるからお菓子は一つにしておこうっていうのと、用途に応じて柱時計と腕時計を使い分けようっていうのと、どうして同じ論点で話そうとするんですかねえ。優柔不断も、決め付けも、どっちも同じくらい迷惑だと思いますがね」

いつのまにか、どのモニターにも、暗く無表情な二つの目が映し出されていた。笑顔も良識もない、冷たく無機質な若い女の目だけが映し出されている。

人々はパニックに陥った。誰もが顔を歪め、不安そうにテーブルの隅の女を見つめている。

私はカッとなった。

いったい何の資格があって、何の権利があってこの女は私たちの会議に入り込み、私たちの良識ある判断を邪魔しようというのだろう。

人々の顔をこんな醜いものにして、何が楽しいのだろう。

激しい怒りが込み上げてきた。

「おい！　君はいったい誰だ。そもそも、この会議に君みたいな人間が参加するという話は聞いてないぞ。何の権利があって私たちの会議を邪魔するんだ」

自分の声が震えているのが分かる。人々を平和な社会生活に導くこの大事な会議を台無しにされたという屈辱が、私の全身を揺さぶっていた。

若い女は、それでも影のようにそこに座っていた。

しかし、さっきまでは全く存在感がなかったのに、今では彼女のところから暗い影がじわじわとスタジオ全体に広がって、人々を不安に陥《おとしい》れているのが分かる。

私は焦《あせ》った。私たちの生活を、この女から守らなくては。

人々の不安が、さざなみのように押し寄せてくる。ほんの少し前まで希望と明るさに満ちていた人々の顔に、暗い影が伝染していく。

ああ、こんなはずではなかった。決してこんなはずでは。

突然、女はテーブルの上に何か小さいものを投げ出した。

皆がハッとしてテーブルの上に目をやる。


小さなサイコロが転がっていた。


なぜサイコロを？

人々がまじまじとサイコロに注目している。

「ご存じ？　サイコロの上に出ている目と、陰になって見えない下の目を足すと七になるんですわ」

若い女は面白がるような声を出した。

「サイコロには一から六までの目しかないのにね。けれど、サイコロには見えない七の影がいつもつきまとっている」

女はちらりと冷たい目で私を見た。

「そして、私は見えない七の国からやってきたんですよ」

モニターがぐにゃりと歪んだような気がした。


こいつは。この女は。


女はスッと立ち上がると、スーツの胸ポケットから白い紙を取り出して広げた。

「斉藤栄一。プロパガンダ法違反で逮捕します」

悲鳴が上がり、テーブルに着席していた人々が恐怖に顔を歪めて立ち上がった。

頭の中が真っ白になった。

まさか、プロパガンダ監視局に目を付けられていたとは。どうして、私の行為がプロパガンダなのだ？　こんなにも良識のある、人々に平和を与える、この会議が？

「我々は、扇動行為を許さない。常に二者択一を迫り、人々の思考能力を停止に追い込み、二者択一できないものはすべて切り捨ててしまう単純さを扇動した咎《とが》により、逮捕する」

女の手の中で、銀色の輪が鈍く光っていた。

スタジオの皓々《こうこう》たるライトが、銀色の輪を照らし出しているのだ。

なぜだ。こんなにも分かりやすい、こんなにも人々の喜ぶ行為がなぜ罪になる？

人々は、悲鳴を上げて逃げまどい始めた。

モニターが壊れ、スタジオのガラスが割れ、外で取り囲んでいた人々も言葉にならない叫び声を上げながらこの場を逃げ出そうと走ってゆく。

なぜだ。人々は、選ぶことを求めているのだ。白黒はっきりさせ、ラベルを貼《は》って安心したいのだ。納得したいのだ。皆が望む心の平安を与えて、何が悪い？

頭の中に、渋谷ロフトのガムランの音色が響いてくる。

金の斧、銀の斧、鉄の斧。

そういえば、幼い私はとうとうどれを選ぶか決められなかったんだっけ。

忠告

「はいけい　おせわになっておりす　ごしゅじんさま
いつもさんぽ　ぼーるあそび　ありがとうござます　ことしのなつは
あつかったので　つめたいしーとはたすかりした　ねんねん　あつくなり
のは　ちきゅうおんだんか　せいですね　はだしで　そとをありくのも
ねんねん　つらくなれます
もっと　いろいろ　はなししたいですが　いそいでいるので　かつあい
ます
とても　しんぱいしてす　ごしゅじんさま
じつわ　ごしゅじんさま　に　きけんせまつてす　にげてくだい
ごしゅじんさまのおくさま　こわい　ひでい　ひとです
わたしわ　いつも　ごしゅじんさまのいないばしょでわ　けられたり
あきかん　ぶちけられたり
でも　ごしゅじんさまの　まえでわ　にこにこ　にこにこ　こわい　ひ

とす　ごしゅじんさまのるす　あおいやねのいえの　おとこ　きてす　ひげの　おとこきてす　おくさまと　なかよし

いつも　ごしゅじんさまの　わるくちなかよし

ずっと　しらんぷり　だましたる

でも　このごろわ　ごうとう　みせかけ　ごしゅじんさま　ころす　そうしきなかよし　にげる　そうだん　ふたり　ごしゅじんさま　ひでい

とても　しんぱいしてす

よる　よびりん　よんかいなったら　ごうとう　あおいやね　ひげのおとこ

しんじてくだい　しんじてくだい　ごしゅじんさま

わたしわ　じょんです　いぬの　じょんです　げんかんぐち　つめたいしーとねてす　じょんです

なぜ　じがかけりように　なったか　ふしぎでせう　ふしぎす

せんげち　よる　みなさん　りょこうるす　よる　そらに　まるい　おおきなえんばん　わたしほえてほえてたら　つよい　ひかり　まっしろひかり　あびて　ことば　よみ　かき　できるよに　なりした

もじ　かけりように　でも　くちにくわえて　ぺん　かきのは　つらい
でしがいてもたつてみ　いらりず
ごしゅじんさま　にげてくだい　しんぱい
しんじてくだい　わたしわ　じょんです　ごしゅじんさまの　くつ　さ
んぽのとき　さんかくのきず　くつ　いつもみてみす
こんしゅう　よる　きっと　よびりんよんかい　なったら」

そこまで読んだところで、妻に呼ばれた。

「誰からのお手紙なの？」

妻はキッチンから顔を出して、手紙を読んでいる夫を不思議そうに見る。

男は慌《あわ》てて手紙を畳んだ。

「いや、こどもの悪戯《いたずら》らしい——なかなか手がこんでる」

ふと足元を見ると、いつのまにか愛犬のジョンが彼に何かを訴えるように見上げ、尻尾《しっぽ》を振っている。

「よしよし、ジョン」

頭を撫《な》でようとすると、ジョンは尻尾を振りながら男の革靴をぺろぺろと舐《な》めた。舐めているところを見ると、そこには彼が気付かないうちについていた三角形の傷がある。

キッチンから妻が呼んだ。

「あなた、グラスを出してちょうだい」

「――まさかね」

男は首を振りながら、キッチンに歩いていった。

ジョンはしばらく尻尾を振りながら男を見送っていたが、やがてパッと玄関に向き直り、激しく吠《ほ》え始めた。男は足を止め、ジョンをじっと見つめる。

「どうしたんだ、ジョン」

「誰か来たみたいよ。出てくれる？　あなた」

「誰だろう、こんな時間に」

男が玄関に向かって歩いていくあいだに、呼び鈴が四回鳴った。

弁明

こぢんまりとした、古い造りの部屋である。

天井は高く、白い漆喰が塗ってある。歳月を経ているものの、仕事は丁寧で、天井の隅を走るペンキを塗った古い配管を見ても、昭和初期の建物なのではないかという気がする。殺風景だが清潔感を漂わせる雰囲気は、学校、もしくは公民館など公《おおやけ》の用途で使われていたことを窺《うかが》わせる。

部屋は細長く、正面に三十センチほど高くなった舞台がある。羽目板は古いが、がっしりしていて、真ん中辺り――恐らく、いちばん多く人が立ったであろう位置――が黒ずんで光り、明らかに磨《す》り減って窪《くぼ》んでいる。

小さな舞台だ。大人が五人も並んだら、窮屈な印象を与えるであろう大きさ。もっとも、客席に当たる部分もたいした広さではない。こちらも、大人が二十人入ればいっぱいだろう。

客席には、十個ほどのパイプ椅子《いす》が、ややだらしなく並べられている。舞台の真ん中にも、パイプ椅子がひとつ、客席側に向けて置いてある。あとは何もない。

ぱらぱらと人が入ってきた。みんな、どことなく癖のある顔をした中年男女である。彼らは声を潜めて何事か囁《ささや》きあいながら、客席のパイプ椅子に腰を下ろした。低い声で静かにおしゃべりをする彼らの表情が寛《くつろ》いでいる様子を見ると、これから上演されるのは気楽な演《だ》し物と思われる。

泡のような囁き声が、思い出したようにそこここで湧《わ》いては消える。

いったいいつ始まるのだろう、と誰もが怪しみ始めた頃、おもむろに黒子姿の二人の男が入ってきて、大きな窓を暗幕で覆《おお》い始めた。暗幕を引くジャッ、という音が観客たちのおしゃべりを中断させ、椅子に座り直させる。

部屋は暗くなり、こほん、という抑えた咳《せき》が数回響いたあとで、辺りはしんと静まり返った。

コツコツ、と舞台の袖《そで》から足音が聞こえてきた。

部屋の隅の黒子が、床に立てた古めかしいライトを灯《とも》し、舞台に向かって光を当てる。

パッと舞台の上の椅子が明るく照らし出された。

若い娘が書類封筒を抱えて壇上に上がり、戸惑った様子で真ん中に立つと、ぺこりとお辞儀をした。

「すみません、遅くなって。ここまでこんなに時間が掛かるなんて思わなくて。申し訳ありません、お待たせしました」

口ごもりながらそう言うと、おずおずと椅子に腰かける。

娘は緊張していた。表情はまだあどけなく、ほとんど化粧っ気もなくて、少女といっていいような外見だ。

おかっぱ頭で、肩までの黒髪が新鮮な印象を与える。

紺のスーツと白のブラウス。どうみても就職活動中の学生という風情《ふぜい》である。

娘は落ち着かない様子できょろきょろと客席を見回していたが、なんの反応もないので、当惑したようにぽりぽりと頭を掻《か》いた。

「ええと、すみません。まだよく状況が飲みこめてなくって。なんでも、皆さんからいろいろ質問が出たので、あの時のことを本人から説明するようにって言われてきたんですけど、急だったので、準備ができてないんです。要領を得ないところがあるかもしれませんが、一応説明してみますので、よろしくお願いします」

娘はそう言うと、もう一度ぺこりと頭を下げた。

客席がざわざわする。そのざわめきには、驚きと期待、困惑と不満が少しずつ含まれていた。

娘はそれらを感じ取ったのか、ますます緊張した面持ちになる。

「ええと、あの日は、とっても蒸し暑い日でした」

ごくりと唾《つば》を呑《の》み、娘は話し始めた。

「そんなにお天気がいいってわけじゃなかったんですけど、やけにむしむしして、ただ歩いているだけで汗だくでした。それも、じとっとした嫌な汗で。身体《からだ》が重くてしかたがなかったです」

そう言って、ふと気付いたように自分の格好を見下ろす。

「ええ、この格好でした。就職活動中だったんです。着慣れないリクルートスーツで。パンプスもあんまり好きじゃないし、やっぱり、スーツって着てると暑いですね」

娘はしげしげと履いている黒のパンプスを見下ろし、スーツの襟を撫《な》でた。

「――もう着る機会もないけど」

ひとりごとのように呟《つぶや》き、ハッとして顔を上げる。

「すみません、あの日のことですね」

小さく笑って、思いだす表情になる。

「新宿西口を歩いてました。高層ビル街の谷間です。アスファルトの照り返しが結構きつくて。それで、あの日は午前中に一社行って、午後も二つ回る予定でした。焦《あせ》ってたんです――そもそも、会社回りをすることなんて、全然考えてなかったものですから。全く情報収集もしてなかったし、学生時代からアルバイトしてた劇団にそのまま勤めるつもりだったので。自分に会社勤めが向いてるとは思えなかったし――あの時点ですっかり出遅れてたんです。友達は皆、大学三年くらいから気合い入れて活動してました。慌《あわ》ててアポとってスーツ買って、ろくに会社の事業内容も知らずに回ってたあたしなんて」

娘は苦笑した。あどけない顔に、一瞬ひどく刹那《せつな》的で暗い影が浮かんだので、観客がハッとするのが分かる。

「で、午前中に行った会社が感じ悪かったんですよね。まあ、向こうにしてみれば、こっちがぼんやりした要領悪い学生だったんでしょうけど。どうにも案内が不親切で、だだっぴろいビルの中をぐるぐるいっぱい歩かされて、担当の人が無表情で。何の会社だったか、もう忘れちゃいました。どこかのメーカーの子会社の、ソフトウェアの会社だったかな。そんな気がします」

娘はゆっくりと顔を上げ、天井の一点を見つめた。

見開かれた目がきらきらと輝いている。

いや、その目は天井ではなく、遠い日のどこかを見上げているようだった。

「たったの一社行っただけなのに、すっかりくたびれてしまって、すごく落ち込んでました。午後も二つ回るなんて、考えただけでも気が遠くなりそうでした」

娘の目は宙の一点に見据えられたままだ。

「だけど、就職すると決めたからには、どこかに採用してもらわなくちゃなりません。特技があるわけじゃなし、キャラクターに魅力があるわけじゃなし、コネがあるわけじゃなし。採用される人とされない人がいるのなら、あたしはもちろんされないほうです。そのことはじゅうじゅう承知してましたから、なんとか気持ちを切り替えて午後に臨もうと思いました。どこかでお昼を食べて、元気をつけようと思いました。その日、前の晩緊張しすぎて眠れなくて、朝寝坊したせいで何も食べてなかったんです」

娘はそっと胃を押さえた。無意識にとった行動のようだった。

「ちょうどお昼どきで、お店はどこもいっぱいでした。ＯＬやビジネスマンがいっぱい。賑《にぎ》やかで、スピードがあって。社会人て、スピードがあるんですよね、学生から見ると。ただみんなお昼食べてるだけなのに、圧倒されちゃって。みんなちゃんと働いてて、ちゃんと社会人になってるんだって思うと、宙ぶらりんで、とってつけたような就職活動をしてる自分がうんと惨《みじ》めに思えてきて、どうしてもお店に入れないんです。あたしはきっとあの中には入れない、ちゃんとした社会人になんてなれないって」

小さなため息。

「惨めだったなあ。この世にひとりきりみたいな気がした。あたしだけが世界から疎《そ》外《がい》されてるような感じだった」

奇妙な笑みが浮かぶ。

「コンビニでパンでも買おうと思ったんだけど、コンビニのレジもいっぱい。外まで人が並んでるくらい。あたしみたいにとろい奴《やつ》、ロクにお昼も食べられないんだなあってますます惨めになって、あんまりひとけのなかった自動販売機で缶コーヒーを買うのが精いっぱいだった」

娘の指が動いていた。

どうやら、自動販売機のボタンを押しているところらしい。

「どこか、座ってコーヒーの飲めるところはないかと探しました」

ゆっくりと顔を動かす。

きらきらと輝き、魅入られたようにどこかを見ている目。

娘はゆっくりと立ち上がった。

不思議なことが起きた。

娘の目を見ているうちに、辺りが明るくなったのだ。

喧噪《けんそう》が、さざなみのように満ちてきた。

客席で感嘆の声が漏れた。

新宿西口の、地下道。熱気を帯びた風。明るい午後の街を足早に通り過ぎるビジネスマンたち。一服しようという者、急いで取引先に向かう者、小さなお弁当包みを手に外で食べようというOLたち。

娘が見ている景色が、観客たちにも臨場感を持って感じられる。

かつて娘が見ていた景色、彼女が最後の日に見ていた光景が。

「ぽっかり開けた、明るい空間が目の前にありました。思いがけない場所でした。ビルの谷間に、こんなところがあるなんて」

明るい日差し。

柔らかなざわめき。

「人工の池があって、噴水がありました。日が当たって、きれい。水の粒がきらきら光ってました」

　涼やかな水しぶき。

　空中を舞う水滴が光を反射している。

　日差しは、娘の頭にも当たっていた。黒髪の輪郭が光の色ににじんで、頬の産毛《うぶげ》まで明るく輝かせている。

「気持ちのいい場所でした。落ち込んでいたのも忘れて、しばらく噴水が光ってるところを眺めていました。よく見ると、噴水の周りは腰かけられるようになっていて、他にもお弁当を食べているＯＬや、煙草《たばこ》を吸って書類をチェックしているビジネスマンが座っていました。そんなに混んでいなくて、のんびりした雰囲気が漂っていました。これならあたしが腰かけてもいい。そう思いました」

　娘は二、三歩進み、そっと腰かけた。

　椅子に――いや、噴水のほとりに。

　娘は、にっこりと微笑《ほほえ》むと、目を閉じて光に向かって顔を上げた。

「本当に、気持ちよかった。腰を降ろしたとたん、根っこが生えちゃったような気がしました。座った時、手足がすうっと冷えて、重くなる感じがしました。身体が地面に沈みこむような錯覚を感じました。想像以上に疲れてたんだな、と思いました」

両手、両足に目をやる。

「その時に気付くべきでした――ずっと調子がよかったし、薬を手元に置いておきさえすれば発作は起こらない。大人になったんだから、体力も付いたし、もう大丈夫なんだ。そう信じ込んでいたんです」

淋《さび》しげな笑顔。

「あの頃は、考えてみたら、ずっと無理してた。劇団の公演も近かったので連日夜遅くまで準備に駆け回っていたし、就職活動を始めてからは、余計にがくっと睡眠時間が減って、三週間近くろくにまとまった休みが取れてなかった。でも、若いんだし、これくらいは平気だと思ったんです。劇団にいると、スタッフにはエネルギッシュな人が多いんです。一人で何人分も働くのは当たり前。なのに、いちばん若いあたし一人が休むわけにはいかない。子供の頃から身体が弱くてみんなと一緒に活動できないことが多かったから、今度は違う、大人になったんだし、今度こそは一緒に頑張らなくちゃって」

じっと両手を覗《のぞ》き込む。

「小道具、やってたんです。衣装も、少し。手先が器用だっていうのが唯一《ゆいいつ》の取り柄だったので、一生懸命、根つめて作ってました。特に、今度の公演は時代劇だったので、衣装と小道具がたいへんで。うちの中も小物でいっぱい。本当に間に合うのか不安になるほどでしたけど、自分が役に立っていると思うと、幸せでした」

沈黙。

やがて、小さく照れ笑いをする。

「ええ。役に立ちたかった。劇団のためでもありますけど——ひとりの人のためでもありました」

かすかに頬を赤らめる。

「いえ、別に、そんなんじゃないんです。そんな、特別な関係じゃ。親子ほども歳《とし》が離れてますし、娘のように可愛《かわい》がってくれて、よく食事に連れていってくれたり」

突然、言葉を切り、目を伏せる。

「そう、決して特別な関係なんかじゃなかった。いろいろ言う人もいましたけれど、あたしたち、何も後ろめたいことはしてません」

きっぱりした口調に、かすかな悔しさが滲《にじ》んだ。

沈黙。

しばらくして、彼女はキッと顔を上げた。

「後ろめたいことはしてません――あたしと先生との間には何もなかった。でも、あたしが先生のことを慕っていたこと、いえ、はっきり言いましょう、愛していたことは本当です。今も先生を愛したことを後悔していないし、あの時の自分の気持を偽るつもりもありません。とうとう口に出すことはできなかったけれど、先生も気づいてくださっていたと思います。あたしのうぬぼれかもしれませんけど」

自嘲《じちよう》的な、小さな笑い声。

「もちろん、先生に奥様がいらっしゃることは知っていました。大女優の、とても綺《き》麗《れい》な奥様。何度もお見かけしたことがあります。素敵な人でした。ええ、まさか自分と比べようなんて、とんでもない」

慌てたように手を振る。

「あたしは少々手先が器用なだけの、平凡な女の子。先生も、スタッフだから声を掛けてくださり、食事に誘ってくれるだけ。分かってます。でも、でも、心の中で思ってるのは自由でしょう。あたしが先生のことを好きだからって、誰に迷惑を掛けるわけでもない。一人で勝手に思ってる分にはいいだろう。そう自分に言い聞かせていました」

震えるように呼吸し、彼女はかすかに眉《まゆ》を歪《ゆが》めて胸を押さえた。

「だけど、人間ってわがままですね。言葉を交わし、対面して食事をすることが度重なると、どんどんわがままになる。もっと一緒にいたい、もっと声を聞いていたい。もっと、もっと、もっと。我慢しようと思っても、我慢できない。家で衣装を縫っていても、突然いてもたってもいられなくなる。すぐにも飛んでいって、目の前に立ってほしくなる」

肩が震えた。

彼女は涙ぐみ、鼻をぐすんといわせた。

「単なるわがままです。分かってます。だけど、どうしようもない。好きなんですから。会いたいんです、どうしても。少しでも長く一緒にいたかった」

見開いた目から、涙がこぼれ落ちた。

「少しずつ、噂《うわさ》が広がりました」

涙を拭《ぬぐ》おうともせずに、娘は話し続けた。

「ここそこ話していて、あたしが現れるとパッと止《や》む、ということが何度か続いて、ああ、きっとあたしと先生とのことを話しているんだ、と気付くようになりました」

膝《ひざ》の上の手をギュッと握る。

「面と向かって言う人はいませんでしたし、あたしは真面目《まじめ》に働いていましたから、文句は言われませんでした。でも、ちらちらあたしを見る視線に、嫌らしいものを感じました。屈辱的でした――先生に対して、申し訳なく思いました」

握られたこぶしがぶるぶると揺れる。

「ええ、奥様が何かおっしゃっているという話は聞きませんでした。結局、横やりを入れてきたのは、先生と奥様との共通の友人である、女優の方でした――はい、誰でも知っている、大女優の」

彼女は必死に自分を抑えようとしているようだったが、目には暗い憤怒《ふんぬ》の色が浮かび、あどけなかった表情に陰を加えている。

「いえ、何も余計なことは言われません。ただ、突然あたしのところにやってきて、今度の公演が終わったら劇団を辞めるようにときっぱり言われたんです。あぜんとして、何を言われたのかも最初は分かりませんでした。それまで話したこともないし、あの方はうちの劇団とは全くなんの関係もないんです。昔、客演したことがあったと聞いていますが、人事に口出す権利なんてないはずです。なのに、つかつかとやってきて、辞めなさい、と。理由は分かっているでしょ、と。他のスタッフも驚いていました。いきなりあの人が事務所にやってきて、まさか単刀直入にあたしにあんなことを言うなんて、誰も予想していなかったんだと思います」

新たな涙が流れ、彼女は悔しそうにこぶしでそれを拭った。

「突然現れて、あたしにそう宣告して、あの人はそれで終わったとばかりに、さっさと引き揚げてゆきました。残されたスタッフとあたしがどんなに気まずい思いをしたか想像できますか？　誰もあたしに声を掛けられなかったし、あたしもみんなの顔を見られなかった。結局、作業もそこそこに帰るしかありませんでした」

ぐすん、と洟《はな》をすすり、娘は大きくため息をついた。

泣き腫《は》らした目のまま、そっと宙を見上げる。

「あたしにどうすることができたでしょう」

怒りが消え、ぼんやりとした表情が浮かんだ。

「無視して居続けるという方法もあったかもしれませんが、そうすれば先生に迷惑が掛かります。あれだけきっぱりとみんなの前で言い渡されたんですから、うやむやにするのも変です」

脱力。

「だから、じわじわとスタッフの間にも今度の公演が終わったらあたしが辞める、というのが既成事実のように浸透していきました。それはとうていはねのけようのない圧力で、あたしは就職活動を始めざるをえませんでした」

娘は突然、奇妙な表情に顔を歪めた。が、自分が顔を歪めたことにも気付いていない様子だ。

「ほんとうに、これが最後の公演になってしまうのだろうか。辞めたくない。辞めたら、今度こそ先生のそばにいる理由がなくなってしまう。先生のそばを離れたくない。だけど、みんなはもうあたしが辞めると思っている。既に誰もがそのつもりで、新しいバイトを雇ったりして準備を進めている」

不意に、娘は前屈みになった。胸を押さえ、かすかに呼吸が乱れている。

「辞めたくない！」

悲痛な叫び声に、観客が一斉にびくっと身体を震わせる。

「辞めたくない」

娘の顔は真っ青だ。

「もしかして最後になるかもしれない公演、きっと最後になるであろう公演のために、あたしは必死に作業を続けました。徹夜で衣装を縫い、役者たちの草履を揃《そろ》え、小道具を作り続けました。眠れない。休めない。少しでも手を休めたら、劇団を辞めたあとの自分の姿が目に浮かぶ。虚無感と喪失感で、すっかりふぬけになっている自分の姿が目に浮かぶんです。怖かった。とても恐ろしかった」

とても長い、大きなため息。

辺りは恐ろしいほどに静まり返っている。

娘はよろよろと周囲を見回し、自分が舞台にいることをようやく思い出したように「ああ」という表情になると、胸を押さえて声もなく喘《あえ》いだ。

「――そして、あたしは、」

ようやく口を開き、絞り出すように呟く。

「自分が、発作を起こしていることに気付くのが、遅れました」

切れぎれの低い声は、若い娘のものというより、老婆《ろうば》のようである。

「自分の考えに没頭するあまり、手足のひどい冷たさの意味や、沈みこむように身体が重いことがどんなサインであるか気付くのが遅れたんです。かつて、よく発作を起こしていた中学時代であれば、発作が起きる前に、身体が予知していました。小さい時は『来る』と言っていたそうです。発作がやってくる気配がおのずと分かったんです。だけど、あの時、あたしはなかなか気付きませんでした。自分が発作を起こしかけていること、しかも、これまでにないひどい発作を起こしかけていることに」

娘はのろのろと宙に向かって手を伸ばした。

「ようやく気付いた時には、もう呼吸が止まりかけていました。うまく自分が呼吸できないことに気付いて、あたしはパニックに陥りました。頭の中が真っ白になって、薬を取り出すことさえ思いつきませんでした」

娘は椅子から身を乗り出し、手を伸ばす。

指先は不自然なくらいに真っ白で、開かれた手のひらが異様なくらいに大きく見えた。

「薬！　そう、薬です。あたしはいつも薬を持っていたはずです」

我に返ったように、彼女は身体のあちこちを探り始めた。

「薬を飲めば大丈夫。たちどころに効き目が表れ、この苦しい状態から解放されるはず。そうだ、薬だ！　早く薬を！」

突然、娘はぴたりと動きを止めた。

観客も息を呑む。

娘は瞬《まばた》きもせず、目を見開き、どこかを見据えている。

みるみるうちに、顔が驚愕《きょうがく》と恐怖に歪む。

「――薬がない」

声には絶望の響きがあった。

「今、あたしは薬を持っていない」

かすれた声。

「そうです、今朝あたしは寝坊しました。朝食も食べず、慌ててリクルートスーツに袖を通し、普段は使わない就職活動用のショルダーバッグと、書類封筒をつかんで家を飛び出してきたんです。いつも持ち歩いている、薬の入ったポーチがいつも入っているトートバッグではなく」

恐ろしい沈黙。

「薬の入っていない、ほとんど使ったことのないショルダーバッグを」

娘は動きを止めたまま、じっと宙を見つめている。

長い長い沈黙。

客席も押し黙り、動きを止めたままだ。

「馬鹿《ばか》だなあ、あたしって。やっぱり、あたし、会社勤めには向いていないなあ」

娘はぼそぼそと呟いた。

「それが、あたしが最後に考えたことでした」

沈黙。

ほうっというため息が、娘の口と客席とから同時に漏れてきた。

ガタガタと音がして、観客が椅子に座り直す気配がする。

娘も肩を押さえ、背筋を伸ばして椅子に掛け直した。

会場全体にホッとしたような空気が漂う。

「ええと、これがあの日起きたことです。どうでしょうか。これで、お分かりいただけましたでしょうか？」

娘はおどおどと周囲を見回し、誰かに返事を求めるように頭を掻いた。

「そんな複雑な話じゃないんですよ、あたしが怒ってたとか、泣いてたとか、笑ってたとか、みんなの目撃がバラバラでどういうことなのか知りたがってるって聞きましたけど、ただ、これまでに起きたことについて考えてただけで。あたし、結構コロコロ気分が変わるし、自分でも制御できなくなっちゃうことがあるんです。ただ、それだけ」

言い訳するように、両手を広げる。

「もう、いいですか？」

娘は、部屋の隅にいる黒子に話しかけたようだった。

「こんな時間。あたし、行かなくちゃ」

腕時計を見て、慌てて立ち上がる。

が、思い出したように客席を見ると、ぺこんと頭を下げた。

「なんだかとりとめのない話ですみません」

立ち去るべきか、もっと何か説明すべきか迷っている様子だ。

「あの、皆さんによろしく。じゃあ、失礼します」

不器用な足取りで舞台を降り、彼女はコツコツと慣れないパンプスの靴音を立てて、部屋を足早に出ていった。

誰もいない舞台。

明るいライトが、空っぽの椅子を照らし出している。

中途半端な沈黙の後、ぱらぱらとまばらな拍手が起きた。

気のない、おざなりな拍手。

黒子が動き出し、けたたましい音を立てて暗幕を開ける。

すべてを日常に引き戻す自然光が、部屋いっぱいに降り注ぐ。

そここで欠伸《あくび》をし、伸びをしながら男女が立ちあがる。ガタガタと椅子の動く音が重なりあう。

「どうなんだろう、あれでいいのかな？」

「ずいぶん素人《しろうと》臭かったよねえ」

「あれも『味』のうちってことなんじゃないの」

「今いち、しまらない終わり方だったわね」

ぼそぼそと無責任な会話を交わし、客たちは三々五々部屋を出ていく。

黒子たちは舞台から椅子を下ろし、客席の椅子と一緒に片付け始めた。

手際《てぎわ》よく重ねた椅子を運び出し、引き戸をきちんと閉める。

そして、誰もいなくなった。

舞台も部屋も、空っぽになった。

あとは、いつ果てるとも知れぬ静寂が残されるのみである。

少女界曼茶羅《まんだら》

今日も世界は動いている。

ゆっくりと。少しずつ。分からないように。誰にも予想できない形で。

通学路を歩いていくと、予想委員会の女の子たちが、辻占《つじうら》のおばさんと真剣な顔で話しこんでいる。きっと、今日の居場所を占っているんだろう。彼女たちにとっては、それが何よりの関心事なのだし、毎日いろいろな要素を箱に打ち込んで、何かもっともらしいおみくじが出てくるのが楽しいのだ。

でも、どうしてそんなに目の色を変えて、「彼女」の居場所を予想しなければならないのだろう。あたしにはそれがよく分からない。この世界のどこかに「彼女」がいてくれる。それだけでじゅうぶんではないか。そのことだけで、とても幸せだし、安心感があるじゃないか。

もしかして今日はすぐそばにいるかもしれないし、あるいはうんと遠くにいるのかもしれない、明日は一枚壁の向こうにいるかもしれない。そう考えるほうがどきどきするし、スリルがあるというものではないか。

だけど、彼女たちに言わせると、そうやって日々居場所が移り変わっていくからこそ、いろいろ推理するのが楽しいんじゃないの、ということになるらしいのである。

「おはよ」

キリコが空から降ってきた。

「あら、おはよう」

見上げると、ゆっくりと角の建物の二階が移動しているところだった。部屋の中が剝《む》き出しになり、キリコはそこから飛び降りてきたのだ。中は先週ずっと行方不明だった沢井文房具店である。キリコは目ざとくそれを見つけて、ノートを二冊買い込んでいたのだ。沢井文房具店は、更にゆっくりと平行移動していくと、下からせり上がってきたどこかの靴屋さんとくっついてまた中が見えなくなり更にどこかへ遠ざかっていった。

「いい天気だわ。今日も世界は分からなくて素敵ね」

「ええ。だけど、いい加減に地学の授業が受けたいわ。このところ、回ってくるのは化学と漢文ばっかりなんだもん。漢文なんか、もう教科書の三分の二まで行ったわ。地学はまだ二回しか受けてないっていうのに」

「セルで聞いてみようか。ウノ先生に」

「ええ」

キリコはなかなかやることが大胆だ。ポケットからセルを取り出し、地学のウノ先生に掛けた。

『はい』先生がすぐに出た。「おはようございます。先生の教室は、今どちらですか？　あたしたち、今学期まだ二回しか先生の授業を受けてません」

『あら、そうなのね。困ったわ、今、うちの教室、東の岬《みさき》まで来ちゃってるの』

あたしとキリコはびっくりして顔を見合わせた。

「東の岬？　そんなに遠くですか？　どうしてそんなに」

『今月は、やたらと直進移動が多くてね。おかげで潮風にやられて、教科書がボロボロよ。でも、ここ数日、少しずつ戻りつつあるから、十日くらいでセンターに戻れると思うの。予習しといてね、今度会ったらテストするわよ』

「えーっ、テストは嫌ですぅ」

『ところで、庭師のキクタさんを見なかった？　教室のゼラニウムが潮風にやられちゃったの。もしどこかで見掛けたらあたしにセル掛けるように伝えて頂戴《ちょうだい》』

「分かりました」

セルを切り、あたしとキリコは小さくため息をついた。

「これじゃ、地学の授業は当分無理ね」

あたしたちはゆっくりと移動していく歩道橋をくぐり、その先にそびえる学校群に目をやった。

それは巨大な白い積み木の城のようで、明るい日差しを浴びて、地面から湧《わ》いてきた四角い泡の塊のように見える。

今日の学校群は、大きな抽象画のようだ。

「ここ三日間でずいぶん形が変わったわねえ」

「ほんと。いっとき上へ上へ伸びた時があって、あんまり高いところに教室があった時は怖かったわ」

「反動かしらね。今度は横に広がってない？」

「うん」

目の前でも、学校群は少しずつ形を変えていく。無数の白い箱が互いに反応しあい、避《よ》けたり繋《つな》がったり追いかけたりして、生き物のように変化していくのである。繋がっているうちはよいのだが、しばしば孤立してしまった教室が遠くへ遠くへと運ばれていってしまうことがある。どうやら、地学の教室もそうらしい。あまり離れ過ぎると、それも反動で戻ってくる。

基本的には、学校群は学校群でひとかたまりとなっているのだが、たまに「合併」と呼ばれる現象があって、商業施設と混ざりあってしまったりするとたいへんなことになる。それも、やがては自然に分離していくのだが。

それは時に何か具体的な形に見えることもあるし、全く抽象的な意匠に思えることもある。たまに悪夢のようなデザインになってしまい、精神的な不安を訴える人が続出することもあるが、それでも世界は動いており、誰にも予想できないことが大事なのである。

だからこそ、皆は予想するのだろう。

部屋の位置、教室の位置、次に図書館の中庭が出てくる日付まで。

そして、「彼女」の居場所も。

一応、時間割はあるので、それに合わせて授業を受けられるよう努力するが、それらの教室が近くにあるとは限らないので、授業の始まる時間には手近な教室に潜りこまなければならない。

一時間目の歴史には無事間に合った。歴史の教室は、なぜかあまり移動せず、近場でうろうろする傾向があるのである。

が、授業を受けていると、窓の外がどんどん暗くなった。何か大きなものが教室の周りに移動して来つつあるのだ。

「うわあ、こんなことってあるの」

窓の外を見た誰かが叫び声を上げた。

そこにあるのは巨大な帆船だった。どうやら、港に博物館として係留してあったものがいっしょくたになってしまったらしい。

「シュールな眺めだわあ」

あたしたちは（先生も一緒に）窓の外にどんどん近付いてくる帆船を見上げた。こうして見ると、船って大きい。普段は係留している状態でしか見ていないので、喫水線の下にこれだけのボリュームがあるとは知らなかったのだ。

「あれ、どうなるのかしら」

「自然に分離するでしょ。あの形だもん」

授業が終わる頃には、帆船は離れたところを道路に沿って進んでいくところだった。まるで、道路が川か運河みたいだ。


外に出る度、風景も変わる。世界は動く。世界は予想できない。世界は固定していない。変わらないものなどこの世にない。


キリコとマサコと、三人で連れだって帰る。

木々が少しずつ近づいてきた。

公園がやってきたのだ。相変わらず、公園のあずまやのテーブルを囲み、予想委員会の女の子たちが予想をしている。

「今ごろはフジタデパートの下あたりにあるんじゃなくて？」

「いえ、学校群の音楽室の隣あたりが怪しいわ」

「町外れの神社のところはどう？　あそこなら出やすいわ。これまでの記録だと、三回も出ているのよ」

「出る出るって、幽霊じゃあるまいし。神社よりお稲荷《いなり》さんじゃないかしら。形もなんとなく似てるし」

彼女たちは飽きもせず、たくさんの地図を広げて見比べている。

もちろん、ここでは地図は役に立たない。毎週発行されているのは、あくまでも「予想地図」なのだ。彼女たちは、過去の「予想地図」を溜《た》めており、変化の傾向を読みとろうとする。彼女たちにとって「予想地図」は宝物。まるで古文書みたいに、これまでの地図が保管されているらしい。

市民公園と児童公園がくっついて大きな森が現れた。犬が駆け抜け、子供がボールを追う。

夕日にキラッと何かが光った。

公園の向こうに、金色のものが見えた。

「あっ」

心臓がどきんとする。あたしたちは凍り付いたように足を止め、顔を見合わせる。

まさか。まさか、本当にあれが。

あたしたちは歓声を上げて駆け寄る。

公園の、水飲み場の陰にせり上がってくるそれは、まさしく噂《うわさ》に聞いた、金色の箱。

そして、それは、その中に――

早鐘のように打つ心臓の音を聞きながら、あたしたちは金色の箱の向こう側に回り込んだ。そして、そこには――

「あれっ」

あたしたちは紅潮した顔で勢いこんで箱の中を覗《のぞ》き込んだが、中は空っぽだった。

一気に全身の力が抜ける。

「空っぽだあ」

「ここじゃないの?」

あたしたちはあきらめきれないように中を覗き込む。

「でも、これはマンダラのひとつよね。広さは四畳半。赤い座布団《ざぶとん》もあるし、部屋も青く塗ってあるし」

こぢんまりとしたその部屋が、「彼女」の居場所のひとつであることは間違いなかった。

「彼女」にはこうした部屋がたくさんあって、大きさも大小さまざまだそうだ。これは、小さいほうの部屋だろう。

「ざんねーん」

「でも、あたし、マンダラ初めて見た。遠いところにあるのは見たことあるけど、こんな近くで中見るのは初めて」

「ここに入ったらどうなるんだろ？」

「えっ」

あたしはどきっとした。

キリコって、ほんとにとんでもないことを言い出すんだから。

「入れないでしょう。このままどんどん沈んでいっちゃったりしたら怖いよ」

「でもさ、ここに入って待ってれば、会えるんじゃない？　ねえ」

あたしたちはギョッとしてキリコを見た。

入る？　ここに？　入って待つ？　あの、「彼女」を？

「試してみようかな」

キリコは本気で中の座布団に座りかねない勢いだった。あたしとマサコは慌《あわ》てて止める。なんだかそれはとても恐ろしい、畏《おそ》れ多いことのように思えたからだ。

「やめようよ」

「帰ろ」

あたしとマサコがかわりばんこにそう言ったので、キリコは渋々あきらめた。彼女は名残惜しそうにマンダラを見ていたが、やがて公園の下に潜り込むように見えなくなったので、あたしたちはホッとした。

世界はいつも動いている。そして、この動いている世界で「彼女」もどこかにいる。あたしたちの知らないところに。すぐ近くに。あるいは遠くに。

あたしはひとり帰り道を歩きながら、さっきキリコがマンダラに入ろうとした時に感じた恐ろしさについて考えていた。

なぜだろう。なぜあの時、あんなに怖かったんだろう。キリコが入ろうとした瞬間、ぞっとしたのだ。マンダラとはなんだろう。なぜ「彼女」はあんなところにいるのかしら。

さすがに、住宅群は、あまり動かないように工夫されている。毎日帰り着けないとたいへんだからだ。それでも、多少は動く。お隣が移動してしまっていることなど日常茶飯事だし、よそのおうちに重なってしまったり、庭が増えてしまったりすることもある。

これがすべていつも同じ場所にあって、同じところに帰るのだとすればどうだろう。想像してみて、あたしはぷっと小さく噴き出した。

そんな退屈な生活、とても我慢できそうにない。いつもそこにあることが分かっているなんて、ナンセンスとしか言いようがないではないか。

でも、そう言ったら、ママが、「昔はそうだったのよ」と答えたのであたしは仰天してしまった。

「昔は、モノは動いたりしなかったの。みんないつも同じ場所にあって、ずっとそのままだったのよ」

そんな。どうしてそんなことが起きるの。みんなは退屈じゃなかったの。

あたしは当然そう尋ねた。ママは小さく肩をすくめた。

「でも、本当のことよ。みんなが同じ場所にいつもいて、こもったまま出てこない人ばかりの時代があったんですって。何も生み出さない社会が広がって、みんなが危機感を覚えたの。だから、世界のほうを動かすことに決めたのよ。世界が動けば、中にいる人間も動かなきゃならないでしょう。そのおかげで、また活力ある社会になったのよ」

ふうん。信じられない。動かない世界だなんて。

じゃあ、マンダラは？「彼女」はどこからやってきたの？

「さあね。世界を動かすことに決まった時に、『彼女』が来ることも決まったのよ。『彼女』は動く世界の象徴なの。『彼女』がこの世界のあちこちにアトランダムに現れることによって、世界が動いているという安心感が得られるんだわ」

安心感。そうね、安心感なんだ。キリコがマンダラの中に入ろうとした時に感じたのは、それが壊れるという怖さだったんだ。

夕日が街を照らし出している。

遠くにまた、金色の箱が浮かびあがっていた。きらきらと輝き、妖《あや》しい光を放っている。マンダラの箱。あの中には「彼女」がいるのかしら。

唐突に、疑問が浮かんだ。

本当にいるのかしら。

どんな姿をしているのかしら。

「彼女」ってだれ？　どうやって世界を動かしているの？

あたしは、ふと、もう一度マンダラの箱の中が見たくなった。駆け出して、遠くに浮かんでいる箱を目指す。

しかし、そんな時に限って、道はせり出すわ、公園は押し寄せるわ、アイスクリーム屋さんや雑貨屋さんがやってくるわでなかなか箱は近づいてこない。

あたしは駆けた。動いている世界を駆けた。

しかし、夕日が傾いていくのと一緒に、金色の箱もずぶずぶと沈んでいく。

待って。「彼女」に会いたいの。

あたしは必死に駆けた。こんなに走ったのはいつ以来か思い出せないほどだ。

だが、ようやくたどり着いた時、もう金色の箱の天井だけが、足元に四角く浮かび上がっているだけで、それもみるみるうちに見えなくなっていった。

がっかりするのと同時に、どこかで安堵《あんど》していた。

これでいいんだ。

あたしは地面の中に消えていく金色の天井を見ながら、自分にそう言い聞かせた。

残光が世界を赤く染めていた。

赤とオレンジのグラデーションの中、刻一刻と姿形を変えていく世界が広がっている。

生き物のように。予想できない形に変貌《へんぼう》していく世界が。


そうね、これもきっと「彼女」のおかげ。たぶん、「彼女」が世界を動かしているんだ。マンダラは、世界を動かす歯車なのかもしれない。あるいは、ルーレットのように、金色の箱に気まぐれに「彼女」が飛び込むことで世界を回しているのかも。


また、児童公園の森がこちらにやってくるのが見えた。その向こうからは、箱を積み重ねた形のスーパーマーケットが明るい照明を輝かせながらタンカーのように移動してくる。

これがあたしたちの望んだ世界なのね。

その時、影のような疑問が心に浮かんできた。

でも、すべてが動く世界は、すべてが動かない世界とどう違うというんだろう。それって、実は同じことなのではないのかしら。あたしという一点が移動するかしないかなのだから、あたしが動いているかじっとしているかという点では、どちらも同じなのではないかしら。

その時、足元から突然、大きな金色の箱がせり上がってきた。

「えっ」

あたしは叫び声を上げた。

これまで見たことのない、巨大なマンダラ。

それが見る見るうちに、あたしの前にせり上がってくる。

しかも、中から閃光《せんこう》が漏れだして、あたしは思わず目を覆《おお》った。

なんて眩《まぶ》しい光。

巨大な箱から、四方八方に光が漏れだす。

まさか、この中に「彼女」が？
あたしは目をしょぼしょぼさせながら、光の奥に目を凝らした。
そこには、誰かがいた。
逆光に照らされた、巨大な影が見える。

あなたはだれ？
あたしはそこにいる影をまじまじと見て、その姿のあまりの恐ろしさに長い悲鳴を上げたが、誰もその悲鳴に気付くことはなかった。

協力

「いつも　ありがとう　ここいい　おうち　べっど　はながら　くっしょん　きにいってゆ　できれば　まいにち　ささみ　が　うれしい　おねがい　きゃっとふーど　いまいち　ほんとは　きらい　まいにち　ささみしてね」

その手紙を枕《まくら》もとに見つけた時、女はどきどきした。

猫のココがにゃあ、と鋭く鳴き、鼻で手紙を女に向かって押し出したのだ。

やっぱり。

女は手紙をエプロンのポケットに隠し、キッチンの隅でそっと開いた。

そこに、たどたどしい文章を見つけた時の驚き。興奮。

噂《うわさ》は本当だった。ひと月ほど前に、この辺りの住宅街にUFOがやってきて、謎《なぞ》の光を浴びたペットたちが人間並みの知性を獲得したというのだ。

ワンブロック離れた家では、主人の危険を察知した犬が主人に手紙を書いて、あやうく主人は難を逃れたという。なんと、主人の妻が近所のよその男と通じていて、狂言強盗を働こうとしたのを犬は見破っていたのだ。新聞記事を読んだ時は半信半疑だったが、似たようなことがあちこちで起きたので、人々もこの事実を受け入れざるを得なかった。

うちのココも光を浴びたのだ。元々とても利口な猫だ。彼女もきっと、飼い主であるあたしに何かを教えてくれようとしているに違いない。

女は続きを読んだ。

「ところで　ごしゅじん　うわき　してゆ　あなた　いない　おんな　きてゆ　あなた　やきん　いつも　ちがう　おんな」

きゅっとこめかみに血が昇るのを感じた。

やはり。やはり、ココは見ていた。

夜勤明け、家に帰ってくると、かすかに消臭剤の匂《にお》いが残っていたことがある。あれは、香水の匂いを消そうとしたのではないだろうか。他にもいろいろ怪しいことはあった。夜勤に出る時、忘れものがあって家に戻ったら、彼は服を着替えていた。よそゆきの、高いシャツに。あれは、誰かに会う準備をしていたのだ。

不意に、悔し涙が溢《あふ》れてきた。

許せない。あたしがへとへとになるまで、殺気だった夜中の救急病院で髪を振り乱して働いているというのに、家によその女を引っ張りこんでいるなんて。

女は恐ろしい目で唇を噛《か》んだ。

更に続きを読む。

「ごしゅじん　おんなの　にわ　うめてゆ　ときどき　だして　ひとりみてゆ　たのしそう　にわ　ばら　ねもと　かくしてゆ」

女たちの何ですって？

またしても頭に血が昇る。怒りで頬が熱くなった。

先週、彼の部屋をあちこち引っくりかえしたことに気付いたのだろうか。何か浮気の証拠が見つかるのではないかと思ったのだが、それらしいものは見つからなかった。そうか、わざわざ庭なんかに。それでは分かるはずがない。

「ありがとう、ココ」

女は、毛づくろいをしながらこちらを見上げているココに頷《うなず》いてみせた。

ココはにゃあ、と鳴く。

女は暗くなった庭に出て、ばらの木の根元を見て回った。

小さな懐中電灯の明かりの中に、最近掘り返した痕《あと》を見つける。

「ここだわ」

女は夢中になってそこを掘り始めた。

しばらく掘ると、土の中から、小さな箱が出てきた。

女たちの何ですって？　いったいどんなものを隠しているんだろう？

女は、箱の蓋《ふた》を開けた。


「——何かあったんですか」

男は、自宅の周りの人だかりに青ざめ、恐る恐る声を掛けた。

人々は男を見てハッとし、「ああ」と嘆き、口ぐちに叫ぶ。

「おい、ご主人が帰ってきたぞ」

「気の毒に」

「爆発音がしたんで、出てみたら、奥さんが倒れてたんだ。庭先に賊でもいたのかな、銃が暴発したらしい」

「そんな。か、家内は」

近所の人々は男から目を逸《そ》らし、力なく左右に首を振った。

「ご主人ですか」

庭にいた警官が男に向かって歩いてきた。

「は、はい」

「奥様はお気の毒でした。奥様は、庭に銃を埋めていたようですな。それを取り出そうとして、暴発したようです」

男は混乱した顔になった。

「えっ？　家内が銃を持ってるなんて話はちっとも」

「どうやら闇《やみ》で買ったもののようですね。それを庭の隅に隠していたらしい」

「し、知らなかった。家内は、看護師をやってて」

「そうですか。実は、銃が入っていた箱には、薬物も少し入っていました」

「家内は、クスリなんてやってません」

「看護師は重労働ですからね」

「夜勤はとても忙しくて、クスリをやる暇なんか」

ぶるぶる震え出した男の肩を、警官は慰めるように小さくぽんぽんと叩《たた》いた。

「気を落とさないように。明日、もう一度現場検証を行いますので、テープの中に入らないでください」

「はあ。か、家内には会えるんでしょうか」

「検死に回っていますので、それが終わってからになります。申し上げにくいんですが、頭を吹き飛ばされてひどい有様でしたから、二、三日は無理ですね」

男は、庭にべたべた貼《は》られた黄色いテープを力なく見た。

「大丈夫かい。うちに来るか？　それとも、一緒にいようか？」

隣の家の男が気の毒そうに男に話しかけた。

男は呆然《ぼうぜん》としていたが、話しかけられたことにようやく気付いたらしく、「いや、だいじょうぶだ。一人になりたい」と弱々しく答えた。「ありがとう」

誰もが男の肩を叩き、「力になるよ」と声を掛けてくれた。

人だかりも一人減り、二人減りして、やがて男は一人残された。男は大きくため息をつき、のろのろと家の中に入る。

「ただいま」

ばたんと戸を閉め、鍵《かぎ》を掛ける。

部屋の奥から軽やかに、猫のココがさっと駆け出してきた。

その口には、手紙が銜《くわ》えられている。

「よしよし、ココ」

ココの口から手紙を取り上げ、頭を撫《な》で、喉《のど》を撫でる。ココはゴロゴロと喉を鳴らした。

男はにっこりとココに話しかける。

「とてもうまくいったよ」

男は手紙を開いた。ココが書き、妻に読ませた手紙。仕掛けておいた銃の暴発のあと、ココが妻のエプロンのポケットから引っ張り出し、家の中に隠しておいたのだ。

男は手紙をテーブルの上の灰皿に載せ、ライターの火を点《つ》けた。手紙はめらめらと燃えて、一握りの灰になってゆく。

ココは慣れた様子でペンを銜えると、メモに書きつけた。

「あいしてゆ　やっと　ふたり　なれた」

「そうだね。本当に、やっと二人きりになれた」

男はココを腕に抱き、うっとりと顔をこすりつけた。ココも甘えるようににゃあ、と鳴く。

そう、ココが話をできるようになり、愛を告白された時から二人の計画は始まった。これほど優雅で美しい恋人がいるのに、人間の女など二人の愛の邪魔でしかない。

「さあ、ディナーにしようか」

男は、冷蔵庫からささみを取り出した。

思い違い

足元に何かの気配を感じた。

反射的に目をやると、動物専用のキャリーバッグを持って通り過ぎる男の腰から下が見えた。男の手元にあるバッグの、プラスチックの網を張った窓の部分がチラッと目に入ったが、黒っぽい毛が見えただけで、犬なのか猫なのかもよく分からなかった。えてして動物はキャリーバッグに入れられるのが嫌いなようだ。あんな狭いところに押し込められて、上下左右に揺れるのだから無理もない。以前、新幹線で隣の座席に座った客が持っていたキャリーバッグの中の犬は、降りるまで世にも情けない声で二時間ずっと鳴きっぱなしだったっけ。それに比べて、この犬だか猫だかは、よくしつけられているようだ。おとなしくバッグの中に収まっている。

そんなことを考えながらカウンターの上の本に目を戻し、道路に面した窓ガラスの向こうを通り過ぎる人たちを眺めていると、どこからか、低く工事の断続音が響いてくるのに気が付いた。

窓ガラスに面したカウンター席の右隣に座った男は、IT関係と思《おぼ》しきテキストを開いている。左手で付箋《ふせん》の束を弄《もてあそ》び、右手のシャープペンシルで浪人回しをしているのが視界に入る。試験勉強だろうか。

と、反対側の、ひとつ席を置いて左隣にやってきた男がどすんとスツールに腰掛けた。座るなりすぐにノートパソコンと本を開く。画面に向かってずっと何か独り言を言っているようで、こちらも気になる。私は、こういう店では周囲の客が気になるほうなのだ。

ダッダッダッダッ。

耳を澄ますと、窓ガラスがかすかに振動しているのが分かる。

何の工事だろう。昔は予算消化のため年度末になるとやたらと道路を掘り返していたが、昨今はそんな贅沢《ぜいたく》は許されないらしく、めったに見かけなくなった。

窓の外を見ると、店の前の道路の一部をオレンジ色のビニールの幕で四角く囲ってあり、囲みの中に一人、外側に一人、作業員がいる。どうやら、音の出所はあそこのようだ。電話工事だろうか。

ふと、以前観《み》た映画で、工事の音がタイプライターを打つ音を連想させて、過去の回想シーンになる、という場面を思い出した。そのタイプライターはaのキーが壊れているので、紙に打ち出したあとでaの部分だけ手書きで書き加える、というのがストーリー展開の伏線になっていたっけ。

レンタルDVDショップに隣接するコーヒーショップである。

どちらかといえば周辺の立地はオフィス街なのだが、休日にもかかわらず、店内はほどほどに混み合っていた。

後ろのテーブル席で、さっきから英語で議論している声がする。日本人女性と、欧米人男性の組み合わせのようだ。IDカードを揃《そろ》って首から提げているところをみると、同じ職場の同僚なのだろう。

ふと、背後を通り過ぎる気配がした。女性二人らしい。

会話が耳に入った。

「同窓会の通知、来た？」

「二歳下の妹には来たんだけどね」

「ええっ、そうなの？」

絶句して足を止める気配。

その声の調子に、思わず振り向いていた。

ショックを受けたような青ざめた女と、当惑したようにその顔を見ている女。どちらも三十歳くらいか。どこにでもいるような、勤め人ぽい女性二人だった。

奇妙な会話だな、と気付いたのは、顔を見合わせていた二人が再び歩き出し、少し離れたソファ席に腰を下ろすのを見届けてカウンターに向き直ってからのことだ。

同窓会の通知、来た？

これは別におかしくない。おかしいのは次だ。

二歳下の妹には来たんだけどね。

この文章は、恐らく「二歳下の妹には来たんだけど、私には来ていない」という文章を省略したものだと思われる。だとしたら、ちょっと奇妙ではないだろうか。

同窓会、というからには、通常同学年のものを連想する。なのに、姉と妹は同じ同窓会から通知が来るはずだという前提で話をしている。なぜだろう。大学の同窓会で、姉が浪人して、妹と同じ学年になってしまったとか。

いや、そうとは限らないか、と思い直す。

同じ学校でも、サークル活動の同窓会という可能性もある。姉と妹が同じサークルに属していて、卒業してから同窓会に呼ばれた。あるいは、同じ企業に勤めていて、退職した人どうしで集まるものも一種の同窓会だろう。そういえば、私の友人は、自分が卒業した郷里の高校のＯＢ会が東京にもあって、年に一度学年を超えて集まると言っていた。彼はあれも「同窓会」と呼んでいたっけ。いや、待てよ、そもそも同じ学校、同じ教師に習ったことを「同窓」と言うのではなかったか。

だんだん自信がなくなってくる。

それでも、いちばんおかしいのは、最後の「ええっ、そうなの？」という反応だ。彼女はなぜあんなにショックを受けた様子だったのだろうか。

一、妹に通知が来たことにショックを受けた。

二、姉に通知が来なかったことにショックを受けた。

三、その両方にショックを受けた。

そこまで考えて、ふと、ショックを受けていた彼女自身は同窓会の通知を受け取っていたのだろうか、という疑問が湧《わ》いてきた。

最初に彼女が発した「同窓会の通知、来た？」という質問自体、「他の人のところには来ているみたいなんだけどあなたのところに来た？」という意味と、「私のところには来たんだけど、あなたのところにも来た？」という意味との両方に取れる。もっとも、どちらにせよ、あんなに驚くことはないような気がするのだが。

ダッダッダッダッ。

工事音の振動。

オレンジ色の囲いの中の作業員は、地下に潜っているらしくさっきから出てこない。たまに酸欠で地下作業中に事故があったりするのは、ああいう現場なのだろう。あれって、閉所恐怖症の人には絶対できない仕事だろうな。

約束の時間までまだ少しあるので、もう少し本を読もう。このペースだと、真ん中辺りまで読めそうだ。

コーヒーのお代わりをしようとスツールから立ち上がった時、カウンターのいちばん奥の席の下に、さっき見かけたキャリーバッグが置いてあるのが目に入った。

違和感を覚えたのは、その持ち主らしき男が見当たらなかったことだった。

中座しているのかと思い、店内を見回してみたけれど、それらしき男はいない。

通路が繋《つな》がっているレンタルＤＶＤショップに行っているのかもしれない、と考えた。しかし、それなら座席に上着を置いておくとかしそうなものなのに、カウンターの上にも席にも何もなく、キャリーバッグだけが床に置いてあるのだ。

ペットを置き去りにしたとか？　わざわざキャリーバッグに入れて？　まさか。

そんなことを考えながらレジのほうに行ってカプチーノを頼む。

なんとなくキャリーバッグを見ていると、私の右隣に座っている試験勉強男が席を外し、キャリーバッグの前にかがみこんで中を覗《のぞ》き込んでいた。きっと彼も飼い主がいないのを不思議に思ったのだろう。単に動物好きなのかもしれない。

と、飼い主が戻ってきた。五十代くらいのがっちりした紳士である。やはり中座していただけだったのだ。

バッグを覗き込んでいる男と二言三言、言葉を交わしている。二人の顔に笑みが見えるのは、やはり動物好きどうしなのだろう。試験勉強男は立ち上がって自分の席に戻った。

新しいカプチーノを受け取り、私も席に戻ろうとした時、さっきの会話の二人が掛けているソファの脇《わき》を通りかかった。

また会話の一部が耳に飛び込んでくる。

「やっぱり幹事が把握してないと――通知が届いてないのは――」

「五歳年上の兄貴も――」

まだ同窓会の話をしているようだ。五歳年上の兄。三人きょうだいだったらしい。

みんな同じ学校を卒業しているのだろう。

「――ったく、決めることでカネ貰《もら》ってるポジションだろっつーの。決めらんないんなら、そこに座ってる必要ないだろうっつーの」

左隣から、独り言というにはやや大きな声が聞こえてきてギョッとする。あいだにひとつ席が空いているとはいえ、ほんの少し緊張してしまう。聞こえていないふりをするが、目立たないようにそっと声の主を窺《うかが》った。

が、彼はパソコンの画面及び並べて広げた本に集中していて、自分が独り言を呟《つぶや》いているのにも気付いていない様子なのに安堵《あんど》した。

やがて集中力が途切れたらしい。大きく伸びをしてのろのろと立ち上がった。

と、何かが足元を走りぬけた。

「わっ」

独り言男が声を上げ、店内の皆が彼に注目した。

見ると、黒のスコッチテリアが彼の足元にまとわりついていた。立ち上がって椅子《いす》から離れたところに飛び込んできたらしい。

カウンターの奥の飼い主に目をやると、キャリーバッグを開けたところだったらしく、「すみません！」と慌《あわ》てた様子で声を上げた。

「飲食店で犬はまずいでしょう」

独り言男が迷惑そうに犬を追い払おうとする。犬のほうは無邪気なもので、邪険にされているのも分からない様子で尻尾《しっぽ》を振っている。

「申し訳ありません、あまり窮屈そうにしてたもんで、首を出してやろうと思ったんですが」

飼い主は平謝りだ。

犬は独り言男から離れてヒョコヒョコと歩き回り、すぐそばのテーブルで、英語で議論していた男女のほうに寄っていった。二人は犬好きらしく相好を崩しており、男が「お手」をする。

「すみません、失礼しました」

飼い主が飛んできて、犬を抱き上げる。周囲に頭を下げながら、席に戻って犬をキャリーバッグに入れた。

「よしよし」

飼い主が声を掛けつつ、蓋《ふた》をする。

やはりおとなしい犬だ。ちっとも吠《ほ》えないし、再びキャリーバッグに押し込まれたというのに抵抗する様子もない。

みんなが、その様子を注目していた。

私は、またしてもソファに座っている、同窓会の話をしていた女性二人に目がいった。

二人は腰を浮かせ、青ざめた顔でじっと犬を見守っている。

なんだろう、この緊張感は。もしかして、こちらの二人は犬嫌いだとか。

巷《ちまた》ではペットブームと言われてから久しい。もはや、ブームではなくすっかり定着した感がある。ペットと入れる店も増えているし、すっかり市民権を得たような気がするけれど、実際のところ、動物嫌いの人も結構多い。口に出さないだけで、本当は苦手だという人もいるだろう。私も正直言うと、子供の頃に嚙《か》まれたことがあるので、見るのはともかく犬に触ろうとは思わない。写真や映像で見る分には可愛《かわい》いと思うのだけれど、近くにいるとつい警戒してしまう。

犬がまたキャリーバッグに収まってしまうと、その時一瞬感じた違和感はたちまち消失した。店内の客たちは、またそれぞれの会話に戻っていく。

私も、カプチーノと広げた本に意識を戻した。

ダッダッダッダッダッ。

工事音が響いている。

ずいぶん長いこと、同じ作業が続いている。窓ガラスのかすかな振動も。

外は徐々に暗くなってきていた。私は腕時計に目をやる。本も半分以上読めたし、切りのいいところでしおりを挟んだ。カバンに本をしまい、立ち上がる。いつもよりずいぶん長居してしまった。

私が腰を浮かせた時、他の客たちもぞろぞろと動き出した。夕方だし、ちょうどみんなが移動する時間なのだろう。

外が暗くなるのと反比例して、店内の明かりが街にくっきりと浮かび上がりだす時間。

三々五々、客たちが店を出ようとした瞬間である。

突然、ヘルメットにマスク姿という男が駆け込んできた。

黒っぽい風が吹き込んできたみたいだった。

「動くな！」と割れた声で叫ぶ。

みんながハッとして動きを止める。

時間も止まった。

それまで日常という名の何かに覆《おお》われていたのが、その声と共にべろりと剝《は》がれてむきだしになった。

誰もが、男が高く上げた手に持っているものを見つめている。

その細長い円筒形のものからは、もくもくと白い煙が立ち上っていた。

ひきつった悲鳴が上がる。

「爆弾？」

「爆弾だ！」

甲高い叫び声。

「動くな！」

男はもう一度叫び、手にしたものを店の真ん中に投げ込んだ。みんながワッと身体《からだ》を避《よ》ける。

凄《すご》い勢いで煙が噴き出してきた。そこここで悲鳴が上がり、みんなが両手で顔を覆うのが見えた、と思ったら、その姿もたちまち白い煙に搔《か》き消され、店の中はあっというまに真っ白になった。

爆弾？　爆発する？

私も頭の中が真っ白になった。パニックに陥り、動くことができない。逃げなくてはと思っているのに、手足がバラバラになってしまったようで、意志と繫がっていないみたいだ。

しかし、店内が真っ白な煙で何も見えなくなるその前に、私は窓の外を見ていた。道の両側から、たくさんの警官がこちらに向かって駆けてくる。いったいどこにこんなに隠れていたのだろう。どこからやってきたのだろう。

しかも、いつのまにか、ほんの少し前までずっと電話工事をしていたはずの囲いが取り除かれていたのを、私は視界の隅に捉《とら》えていたのだった――

＊

「やれやれ、危ないところだったな」

片付けをしながら、俺は冷や汗を掻いていた。

ようやく、ゆっくり呼吸できるようになったのを感じる。

全くもって、危ないところだった。事情が判明するにつれ、俺たちはますます嫌な汗を掻くはめになったのだ。

「ほんとに。実際にＵＳＢメモリが見つかったからよかったようなものの」

「いやあ、あの発煙筒男には驚きましたけど、今にして思えば助かったかも」

化粧が落ち、疲れた顔の高木由美子と塩川茜が、力ない笑みを浮かべる。

「もう脱いでいいんじゃないですか、それ」

そう高木に言われて、俺もようやく自分が作業服のままだったことに気付く。電話工事を装《よそお》い、コーヒーショップの前のオレンジ色の幕の内側で、店内の様子をモニターしていたのだが、長いこと緊張していたので汗まみれになってしまっていた。工事しているふりをしなければならなかったし、警官が待機しているのを隠すために、スピーカーで工事音を出していたのだ。

「犬を使うなんて、考えましたね」

塩川が唸《うな》った。

高木と塩川は、張り込み中のままの格好だ。といっても、普段着の姿なのだが。

「ああ」

俺は頷《うなず》いた。

「確かに、犬を放せば自然に他人と接触できるからな。しかも」

無邪気に尻尾を振っていた黒のスコッチテリアを思い浮かべる。

「それがブラフだったとはな」

「はい。完全に、犬に目を逸《そ》らされましたね。犬に注意をひきつけておいて、結局は、トイレに隠しておいて渡すという、実にオーソドックスでアナログな方法だったわけで」

「だけど、今はそれがいちばん安全なんだから笑っちまうよな。メールを使ったりすれば必ずどこかに痕跡《こんせき》が残る。現物を手渡し。それがいちばん跡が残らない」

「逃げられていたらと思うとゾッとします」

塩川が身震いした。

それは俺も同じだ。踏み込むタイミングを狙《ねら》っていたのだが、あともう少し遅れていたら、逃げられていたかもしれないのだ。なにしろ、俺たちがマークしていたのは見当違いの相手だった。


とある省庁から、機密が漏れている。

そんな相談を受けたのは数ヶ月前の話である。

内部情報が、内部の人間によって、データを持ち出して渡す形で漏れている。データの量も、内容の重大さも、かなり深刻な状況である、と。

用心深い内部調査と捜査の結果、都心にほど近い、とあるコーヒーチェーンの店舗がその受け渡しの場所に使われていることをつきとめた。

数ヶ月に一度、そこでデータが渡される。受け渡しを務める人間は複数いるらしく、その全容はつかめていなかった。しかし、一人が複数回、その役目を果たしていることは間違いない。

その店を行きつけにしている者はかなりの数存在し、特定するのにしばらくかかった。しかし、ただの常連と、受け渡しをしている人間とは区別がつかない。

そんなある日、次回の受け渡しの日時が特定できた。今度の月末の日曜日、午後四時から五時のあいだ。間違いない。

そこで、データを渡したところを現行犯で押さえるという計画を立てた。データという現物を押さえるしかない。

店の外側では、電話工事を装い、見張る。応援の警官は、少し離れたところで待機する。

店の中には、婦警が二人、客を装って店の中央に座る。片方が無線で外と連絡を取る。

二人は店の中をそれとなく見張り、他人を装った客どうしが接触する瞬間を捕まえることになった。

当日。

店には、何人もの常連がいた。店内の婦警に、常連つまり容疑者を伝えるのは、外で電話工事をするふりをして見張っていた警官である。窓ガラスから店内が見渡せるので、リストにある常連を見つけ出し、教えていたのだ。

連絡を受けているのは、高木のほう。高木は、それを塩川に伝えるのに「同窓会」の符丁を使うことにした。

「二歳下の妹」と言えば、カウンター席の入口から二人目の女、「五歳上の兄」と言えばカウンター席入口から五番目の席に座っている男。

問題は、この日、この時間、カウンター席に座っているのがこれまでに何度もこの店に来ている、「行きつけ」にしている客ばかりだったということだ。いったい誰が容疑者なのか。

ソファにも常連がいたので、塩川が「そんなに？」と声を上げてしまうほどだった。一人か二人ならその二人を注目していればよいが、数が多いので二人とも緊張していた。

そこに、犬の入ったキャリーバッグを持った男が入ってきたのである。この男には、皆が注目した。

飼い主が中座し、バッグを置いていったことも何かあるのではないかと思った。しかも、案の定、他の客が犬に接触してきたではないか。

テキストを開いていた男がキャリーバッグに近付いた時は、「あいつだ」と皆が色めきたった。

ところが、犬に接触したのはその男だけではなかった。次々と他の客が犬に接触していったのだ。

いったい誰なのか？

捜査陣は混乱した。犬に接触したうちの誰か一人がそうに違いない。それとも、みんながそうで、わざと分からないようにしているのだろうか？

店の中央にいた婦警二人に、見定めろ、という指示が来たけれど、二人にも分からない。

二人は必死に客たちを観察し、容疑者を特定しようとしていたのだが——

「ほんと、ラッキーでしたね」

もう一度塩川が言った。

「あたしたち、どうしても誰なのか特定できなかった。しかも、そもそも見当違いの客の中から探そうとしてたんですから」

「向こうも、焦《あせ》ってたんですね」

思い違い

発煙筒男の登場は、捜査陣も全く予期せぬ事態であった。

実は、向こうでも、内偵が入っていることに気付いていたのだ。

この日、捜査の手が伸びることを察知したのは、ぎりぎりだったらしい。それがあの一かバチかの手段に出ることになった。文字通り、煙に巻いて逃げ出すつもりだったのだが、それよりも待機している警官の数のほうが多かった。

結局、あの場にいた客たち（と発煙筒男）はまとめて捕らえられ、身体検査をされたのだった。

機密情報の入ったUSBメモリは、英語で議論していた男女の、女の持ち物から発見された。

犬には触れていなかった女である。

彼らは用心深かった。犬を連れた男も仲間ではあったが、彼は煙幕のひとつだったのだ。

今回、データを持っていた彼女は常連ではなかった。新たに加わったメンバーで、受け渡しは今回が初めてだったという。

捜査陣が目をつけていた、カウンター席にいた三人や、ソファ席にいた常連は、全く関係がなかったのである。

「そうそう、焦りましたよ、カウンターに座ってた女の人」

高木が苦笑した。

「あの人、すごい地獄耳なんだもの。あたしたちに、『同窓会の話してましたよね』って言うんです」

「ええ？」

ギョッとして聞き返すと、塩川も頷く。

「ほんと、びっくりしました。『三人きょうだいなんですね。みんな同じ学校の出身なんですか？』って聞かれて。兄とか妹とか言ってたのも聞いてたみたいです」

「そうか、やっぱり符丁にしといてよかったな」

俺も苦笑する。

「で、なんて返事したんだ？」

高木と塩川は顔を見合わせ、小さく笑った。

「はい、うちの学校は、卒業してからもすごく仲がよくて団結心があるんですって答えました。だって、本当のことですし、確かにあたしたち、バリバリ愛校心の強い同窓生ですもんね」

台北小夜曲《タイペイセレナーデ》

どこかで水滴の落ちる音を聞きながら、まぶたの内側で何度も繰り返す。

ドアを開けてくれ――蛇口を閉めてくれ。

水滴の音が長くなる。ゆっくり、ゆっくりとこめかみに落ちてくる。暗闇《くらやみ》の中の鬱蒼《うっそう》とした緑の木々から滴《したた》り、まっすぐに。こめかみが、皮膚の下の骨が、水滴でゆっくりと穿《うが》たれてゆく。


ひくっ、と恐怖に駆られて目を覚ますと、薄暗いホテルの一室だった。

カーテンの隙間《すきま》から、鈍い光が洩《も》れてくる。

ベッドの皺《しわ》くちゃのシーツの上には、付箋《ふせん》を付けた本や書類が散らばっていた。いつのまにか眠ってしまったらしい。

崩れた本の隙間で、白い光が点滅している。携帯電話を掘り出し開いてみると、メールが届いていた。いつのまにか勝手に時差を補正して、二つの国の時刻が一時間ずれて画面に並んでいる。現地時間、早朝四時。体内時計の仕組みがどうなっているのか分からないが、いつもどういうわけか、五時ちょうどとか六時ちょうどに目が覚めてしまう。

メールボックスを開けてみると二通来ていた。差出人の名前に覚えがない。

KAKO

KAKO

同じ人から送られてきたらしい。間違いメールだろうか。どちらもタイトルはブランクになっている。メールを開けてみた。

WELCAM

一通目はこれだけ。Welcome の書き間違いだろうか。もう一通。

WELCAM TAIPEI

歡迎光臨。そういうことか。ひょっとして、携帯電話のサービスで、時差を補正すると自動的に送られてくるのかもしれない。綴《つづ》りが間違っているのが解《げ》せないけれど。

何気なく顔に手をやると、額が濡《ぬ》れていた。汗かと思ったが、空調はよく効いていて身体《からだ》に汗を掻《か》いた様子はない。漏水かと反射的に天井に目をやる。じっと見つめてもシミらしきものは見当たらない。単に薄暗くて分からないのかもしれないけれど。

明かりを点《つ》けっぱなしにしていた隣の部屋のデスクの前を、ふっと緑の影が横切ったような気がした。遠くのほうへ、滑るように、淡いチラチラした光をまとって。

ドアを開けてくれ――蛇口を閉めてくれ。

立ち上がり、カーテンをめくってみた。窓の外に、不思議な形をした巨大なビルが見える。高すぎて上のほうは見えない。ぐんぐん成長するのにあやかり竹を模したと言われているが、むしろ土筆《つくし》に似ていると見る度に思う。

東京より一足早く梅雨入りしたらしい。道行く人々を見ると雨は降っていないようだが、どんよりした低い雲は、見るからに生温かい雨をたっぷり含んでいる。

八角の匂《にお》い。テーブルの上に、昨日会った知人からお土産にと貰《もら》った肉粽《にくちまき》の包み。ホテルのビュッフェに行くのが面倒だったので、これを朝食にする。備え付けの烏龍《ウーロン》茶のティーバッグには茶葉がぎっしり詰まっていて、何煎淹《い》れても薄くならない。

出掛けに、サイドテーブルの上に置いておいた写真に目を留めた。

ややピントのぼけた写真。つかのま眺めてから、写真の脇《わき》に置いてあった分厚いスケジュール帳を取り上げ、カバンに放り込む。

Kさん、どうしてこのホテルにしたんですか。

ロビーで待ち合わせたMは、吹き抜けになった天井を見上げた。分厚い天窓と雲を通しているのに、初夏の陽射《ひざ》しが降り注いでじりじりとロビーの気温を上げていくのを感じる。

海外に行く時は、だいたいこの系列のホテルを使ってるんだ。

そう受け流すと、Mは、ほら、あれを見てください、と囁《ささや》いた。

視線の先には、従業員通路があり、銀色の自動ドアが開いて制服姿のスタッフが足早に歩いてくるところだった。

あの通路がどうかしたの。

そう囁き返すと、Mは違いますよ、通路の両側の壁ですってば、と首を振る。

見ると、奇妙な文字を書いた紙を入れた大きな額が、通路を挟むようにして二つ、壁に掛けてある。二つの額は全く同じものに見えた。

あれね、おフダですよ。魔除《まよ》けですよ。あそこが結界なんですよ、きっと。

Mは学生時代の後輩で、就職した出版社のグループ企業がこちらに現地法人を立ち上げる際にやってきて、そのまま五年近く住んでいる。北京《ペキン》語も地元の言葉もかなり話せるので案内を頼んだ。そういえば、昔から怪談や都市伝説の類《たぐい》が好きだったっけ。

ここね、元々は墓地だったんですよ。骨を全部掘り出してよそに移動させて、更地にしてホテルを建てたんです。それを知ってる地元の人と、風水を気にする香港《ホンコン》人は絶対ここには泊まりません。

へええ、じゃあ出るのかな。

何気なく言うと、Mは真面目《まじめ》な顔で、出ます、と頷《うなず》いた。

いろんな噂《うわさ》を聞きますよ。一晩中宿泊客を眠らせないとか、髪の長い女が天井から降ってきて「GIVE ME YOUR LIFE」と迫るとか。

どうして英語なんだろう、と呟《つぶや》くと、その幽霊は白人の女の子なんだそうです、と切り返された。

そういえば、ゆうべ、夜中まで隣の部屋の男女が大声でずっと喋《しゃべ》っててうるさかったな。

だから資料を持ってベッドのほうに移ったのだ。

それ、隣の部屋じゃなくて、Kさんの部屋の内側から聞こえてたんじゃないですか。

Mは脅かすように顔を覗《のぞ》き込む。

いや、どうだったかな。分からないな。言われてみると、壁の向こう側じゃなかったような気もするし。

Mはもう一度大きく頷いた。

もし何かあったら部屋を替えてもらうといいですよ。地面から遠くなるせいか、上のほうの階には出ないらしい。逆に、何も言わずに上の階に替えてくれたら、やっぱりホテル側でも承知してるってことですね。

時折パラパラと雨が降りだし、強まりそうになると不意に上がる。時には、薄日が射したりする。するとたちまち濡れた地表が温まり、街角は蒸し風呂のようになる。傘をさす人はほとんど見かけない。二階が居宅になった古いアーケード通りがどこまでも続いているし、がじゅまるに似た亜熱帯の樹木が中央分離帯の上を鬱蒼と覆《おお》って雨を吸い込む。

雨に濡れそぼつ繁体字の看板建築。湿った街。湿った都市の匂い。

ここはデジャ・ビュの街だ。何を見ても既視感を覚えずにはいられない。

例えば、小さな屋台の焼き菓子を買う少女。白い夏服に、黒い革靴。例えば、スポーツバッグをリュックのように背負い、バスケットボールを突きながら歩いていく少年。例えば、店先のテーブルで汁ビーフンを食べている親子。例えば、乾物屋の店先で腰掛けてお喋りをしている老女。

そのひとりひとりが、在りえたはずの自分の別の人生に感じられるのだ。

信号の待ち時間の数字が減っていく交差点で、ふとした拍子に銅鑼焼《どらやき》を買った少女になってしまい、宿題やらなきゃと考えながら祖母と弟の待つ家に帰っていってしまいそうだし、ガイドブックを出そうと立ち止まった途端、ぐるりと視点が変わって関節炎に悩む店番の老女と入れ替わり、ガイドブックを見ながら店先を通り過ぎる中年男をぼんやり眺めていても不思議でない気がしてくる。

あるいは、ちょろちょろ道草をしながら帰っていく子供たちと一緒に、あの路地を曲がれば、お線香と湿った匂いのする祖父母の家に帰れそうな気がする。

ねえねえ、おばあちゃん、死んでるカラスを見たよ。

ランドセルを玄関に放り出し、靴を脱ぐのももどかしく叫ぶ。

あの時は本当にびっくりした。それまでカラスの死体を見たことがなく、カラスは弱った個体を発見すると、みんなで寄ってたかって食べてしまうという話を信じていたからだ。

おや、そうかい。どこで見たのかい。

祖母がゆっくりと擂鉢《すりばち》で胡麻《ごま》をすりながらのんびり返事をする。薄暗い台所で、祖母の顔は見えない。

お地蔵さんのところの畦道《あぜみち》だよ。彼岸花がいっぱい咲いてた。

そう、真っ赤な彼岸花に囲まれて、眠るように死んでいたカラスの羽根は、まだ艶々《つやつや》と輝いていた。鮮やかな赤と黒のコントラストが強烈だったのだ。

この街でも曼殊沙華《まんじゆしやげ》は咲くのだろうか。

そんなことをぼんやり考えていたのは、朱色に塗られた建物に囲まれ、おびただしい数の線香の煙に全身を焚《た》きしめられながら歩いていた寺の中だった。

この街にはたくさんの神様がいて、誰もが線香を買い、紙のお金を焼いて熱心に願掛けをしている。その熱心さは老若男女《ろうにやくなんによ》を問わない。線香を持った人々が、後から後からやってきて、赤い寺の中はたいへんな混雑である。むろん寺なので観音様も祀《まつ》られているが、伝説上の人物や民間人など、さまざまな像が祀られていてそれぞれの前に行列ができているのだった。

ここの神様は分業制でね。縁結び、安産、健康、博打《ばくち》、などなど、それぞれ専門分野が違うんですから、間違った神様に間違ったお願いをしちゃいけませんよ。

Mがしたり顔に説明していた。

かつん、かつん、と音が響いているのは、みんなが願掛けをして「杳《くつ》」を投げているからだ。二つの赤い「沓」を投げ、表と裏が同時に出たら、神様からの「YES」なのだという。両方表でも両方裏でもいけないらしい。

「沓」は簡略化されているが、元々は履物だった由《よし》。子供の頃、履いていた下駄を天に放り投げて翌日の天気を占っていたのは、この辺りにルーツがあるのかもしれぬ。

そうMに言ったら、Mはくすくすと笑った。

確かに、「沓」は大事です。ほら、あそこ、お守りにもあるでしょう。

お守り売り場には、用途別のお守りがところ狭しとぎっしり並べられている。Mは中のひとつを買ってきた。親指ほどの大きさの、小さな赤い「靴」である。

これはね、縁結びのお守りなんですよ。この靴が、運命の相手を歩いて探しに行くんだそうです。へへ、僕もちょっと行って来ますね。

Mは、小さな赤い靴をぶらさげて線香を上げに行った。そういえば、彼は去年離婚したと聞いた気がする。

Mが線香を上げるのを眺めていると、一人の少年が目の前をスッと横切っていった。

その少年が目についたのは、彼もまた赤い靴を履いていたからかもしれない。

赤のスニーカーに赤のTシャツ、膝下《ひざした》の丈の黒のトレーニングパンツ。そんな格好の少年だった。

サッカーチームの制服か何かだろうか。

なんとなく目で姿を追っていると、少年はすぐに人混みに紛れて見えなくなった。

気になったのは、ほんの少しだけ目にした横顔に見覚えがあるような気がしたからだった。

どこで会ったのだろうか。この街に来てからたったの二日しか経《た》っていないというのに。同じホテルに泊まっているとか。

記憶を辿《たど》ったが、分からなかった。

Mと寺を出て薬草街を歩いているあいだも考えていたが、じきにあきらめた。

野菜ジュースのスタンドでジュースを買って飲む。

Yもこれが好きだったな。

飲み干した紙コップを見ながら思わず呟くと、Yさんは残念でしたね、若かったのに、とMが言う。

頷きながら、紙コップを握り潰《つぶ》し、スタンドの脇のビニール袋にそっと入れた。

ドアを開けてくれ——蛇口を閉めてくれ。

最後に聞いたYの声が脳裏に蘇《よみがえ》る。

Yは世界的な名声を得た映画監督であったが、十年前にアメリカで亡《な》くなった。大陸で生まれ、幼い頃に一家でこの国に移り住んだが、高校時代にはアメリカに留学し、大学もアメリカを選んだ。卒業後、この国に戻って働きながら映画を撮り始め、徐々に注目されるようになる。やがて、立て続けに伝統ある映画祭で賞を得、ハリウッドから声が掛かってアメリカに拠点を移した。

日本を舞台にした映画を撮るために来日した時に知り合った。同業者でもあり、帰国子女であるところにも共通するものを感じたのか、初対面からとても気が合い、ロサンゼルスや東京、ヨーロッパでの映画祭でもしばしば一緒に過ごした。

中でもここは二人にとって特別な街だった。

ここはデジャ・ビュの街、在りえた別の人生が同時に複数並行しているパラレル・ワールド、というのは彼の感想でもあった。何時間も二人で歩き回り、カフェやホテルのバーで互いのデジャ・ビュを語り合ったものである。

死後十年を経て、ようやく彼の仕事が全集としてまとめられることになり、リーフレットに彼の思い出を書くことになったので、久しぶりにこの街を訪れ、彼と歩いたところを記憶を辿りつつ巡っているのだった。

しかし、あてどなく路地を歩き回っていても、Yの不在ばかりが大きくなる。それと同時に、今もこの街のどこかにYがいるのではないかという気持ちも絶えず胸の中にあって、絶望と希望が奇妙につりあい、ふたつに引き裂かれたような心地が続いているのだった。

彼が撮ったこの街のフィルムを何度も見ているだけに、映像の中の街が現実の街にオーバーラップして、今にも画面の外側からYがひょいと姿を現すように思えてならないのだ。

いっとき身体を壊して長期入院していたのは知っていたが、ようやく体力も回復して医者からもOKが出たと聞いてホッとした。仕事を再開し、移動中のホテルからYが電話を掛けてきた時、東京は朝の五時頃だった。いつも夜明けまで個人作業をしていることをYが覚えていたのが嬉《うれ》しくも懐《なつ》かしかったが、まさかその電話が最後になるとは夢にも思わなかったのである。

近況や仕事の様子をひとしきり喋り、じゃあまた、そのうち東京かロスで、と挨拶《あいさつ》をしたあとで、彼は電話の向こうで誰かに話しかけた。受話器から遠ざかっていく声。

ドアを開けてくれ――蛇口を閉めてくれ。

そして、電話は切れた。

メールの着信音が鳴った。

反射的に起き上がり、闇の中のサイドテーブルで点滅している携帯電話に手を伸ばす。

KAKO

KAKO

またしてもあの名前。また二通。

JASTA MOMEN

JASTA MOMEN 等一下

ちょっと待って、か。これは何だろう。誰に宛《あ》てたメールなのか。やはり間違いメールなのか。

カーテンの隙間がかすかに明るい。またしても朝四時ジャストだ。今日も土筆の形をしたビルの背景は、重く厚い雲が一面に垂れ込めている。

そういえば、昨夜は話し声がしなかった。部屋を替えてもらう必要はなさそうだ。

『つまりは、俺たちには故郷がないからだ。ほんとうの故郷がないからこそ、俺たちはTAIPEIにこんなにもデジャ・ビュを感じるのさ。』

壁に貼《は》られた古い映画のポスター。天井の高いフランス窓。

古い領事館をリノベーションした洋館で、Yの仕事仲間に話を聞きながらも、Yの声を思い出している。Mは顔が広い。みんなが熱心に喋り始める。

『なあ、そうだったろう。どこにいても自分がよそ者だと、自分は家族やみんなの「内側」にいないと、異邦人だと感じてきただろう。今もそうだ。俺たち、一目で似た者どうしだと気付いたよな。』

『TAIPEIは記憶の集積で出来ている。都市はどこでもそうだけれど、TAIPEIはさまざまな異国の記憶まで持っている。俺はこの街を歩いていると、「思い出」に飲み込まれそうになる。「思い出」は個人的なもののはずなのに、俺だけのもののはずなのに、こうして路地を歩いていると、TAIPEIの「思い出」がそこここから怒濤《どとう》のように押し寄せてきて、溺《おぼ》れてしまいそうになる。』

『例えばそこに立てかけてある自転車。例えば、舗道に並んだ単車のナンバープレートの一枚一枚。崩れかけた赤レンガ。壁を這《は》う電線とツタ。廃屋の呼び鈴や鍵《かぎ》の掛かった郵便受。ちょっと気を緩めると、目から、毛穴から、「思い出」が侵入してくる。俺自身がTAIPEIの「思い出」の一部になってしまう——』

カプチーノが、東方美人茶が、マンゴージュースが運ばれてくる。

メモを取り、ボイスレコーダーが動いているかどうか目の隅で確かめながらも、Yについての「思い出」を語る人々が、カプチーノを、東方美人茶を、マンゴージュースを飲むのを見る。

その時、窓の外にあの少年を見つけた。

芝生の上を、きょろきょろ誰かを探しながら歩いている。

まさか、と慌《あわ》てて打ち消す。赤いTシャツに黒いトレパン。きっとどこかの制服なのだろう。遠足などで見かける子供たちの集団は、皆お揃《そろ》いのTシャツを着ていることが多かった。あれもどこかのユニフォームに違いない。

しかし、遠目にも、やはり前日と同じく「見覚えがある」と感じていた。そんな顔が何人もあるだろうか。

腰を浮かせたのに気付き、どうかしましたか、とMが尋ねる。

なんでもない、と笑ってみせ、次に視線を戻した時には少年の姿はなかった。

何かがおかしい。

そう気付いたのは、Yの仕事仲間たちと、場所を変えて呑《の》み始めた時だった。

大通りの裏の暗がり。路地に面して大きな窓がある、小さなワインバー。

大きな一枚板のテーブルを囲んでみんなが喋っている。酔いが進むにつれ、さまざまな言語がチャンポンになり、次第に何語なのか分からなくなっていく。

あの電話のあと、Yはホテルの部屋で倒れ、翌朝ことされているところを発見されたと聞いている。

あの時、Yはいったい誰に向かって話しかけていたのだろうか。

Yは、決して他人を自分の部屋には入れない男だった。寝る時は一人にならないと駄目なんだ、とよく言っていた。誰かとの相部屋など、耐えられない。

しかし、あの時は誰かがいて、Yは頼みごとをしていた。有り得ない話だが、実際に誰かがいたのだ。

この十年、全く思いつかなかった疑問だった。

JASTA MOMEN

JASTA MOMEN 請再給我来一杯

グラスの中で、紅酒がきらめくのを見た瞬間、恐ろしい可能性に思い当たった。

あの時彼は侵入した誰かに脅されていたのではないか。あれは救いを求める電話だったのではないか。ひょっとして、自分がそのことに気付かなかったばかりに、彼は命を落としたのではないか。

ずぶずぶと身体が沈み込むような重さから逃れようと、いつのまにか叫んでいた。

Yは殺されたんだ。

酔いも手伝って、一息にまくしたてるのをみんなが驚いて見つめている。

気付かなかった。十年ものあいだ。あいつが自分の部屋に他人を入れることなど有り得ないのに。気付かなかった。

ふと、共犯者めいた沈黙が降りる。

誰かが低い溜息《ためいき》をついた。

いいえ、違います、Kさん。

その誰かが、首を振って話し始めた。

Yが退院したのは、もう手の施しようがなかったからです。回復したからじゃありません。Yは、もういちど映画が撮りたかった。まだ映画を撮るつもりだった。だから、彼は架空のロケハンに出かけた。恐らくは、懐かしいTAIPEIに出かけたつもりだったのでしょう。Kさんに電話を掛けたのは、病院からです。ホテルからじゃありません。いよいよ危ないと自分でも悟っていた。あれはKさんへの別れの挨拶だったんです。彼が呼んだのは、お医者さんでしょう。このことはKさんに黙っているよう、周囲は厳命されていました。ここでばらしてしまいましたけど、Yももう許してくれるでしょう。

再び何もなかったかのように、みんなが呑み始める。

Kさんの泊まってるホテルのバーに行きましょう。Yが生きている頃にはなかったホテルだし、きっとYだって行きたがったはずです。

別の誰かが提案する。

おフダが貼ってあるのに？　Mが冗談めかして言う。

大丈夫、おフダが貼ってあるから。みんなが笑う。


みんなにはバーで先に始めていてもらい、いったん部屋に戻って東京に何本かメールを送った。

ミネラルウォーターを呑み、顔を洗う。

ハンカチが汗だくになっていたのを思い出し、洗っておくことにした。

洗面ボウルに水を貯めていると、メールの着信音が鳴った。

東京からの返事かと慌てて携帯電話を開ける。しかし、そこにあったのはあの名前だった。

KAKO

そして、メール。

IM HERE

ここに。いる。

次の瞬間、びっくりするほど大きな音で部屋の呼び鈴が鳴った。

ここに。いる。

「はい」

我ながら驚くほど落ち着いた声で返事をし、ゆっくりとドアのところに歩いていく。

ガチャリとドアを開ける。

そこには、あの少年が立っていた。

赤いTシャツに黒のトレパン。おずおずと、こちらを見上げている。

「昔のことを、カコと言うのでしょう？」

少年は恐る恐る、という調子で言った。

なるほど、だから差出人は「過去」だったのか。

「僕、あんまりつづり得意じゃないんです。あの子に教えてもらって、なんとか。いきなりで驚かせるより、あらかじめ知らせとけよ、って言われたから」

「なんでいつも朝の四時だったの？」

「ええと、あれが日本では五時でしょう？」

Yが電話を掛けてきた時刻か。時差まで考慮してくれたとは。

「今、準備するよ。ちょっと待ってて——あ、すまないけど、ドアは開けておいて。ついでに、洗面所の蛇口を閉めてくれるかな？」

少年はホッとしたように頷いた。

部屋の中に戻りかけ、ふと思い出して振り向く。

「いつから？」

少年はきょとんとしたが、「ああ」と頷いた。

「街で赤い花のことを考えたでしょう。その時から」

彼岸花とカラスか。それでこの姿になったのか。

「奴はどんな格好かな」

「え？」

「なんでもない」

小さく手を振って、部屋の奥に戻った。ちらっとサイドテーブルに置いた写真に目をやる。二十年近く前に撮った、Yと二人でこの街で撮った写真を。

吹き抜けになったホテルのロビーに、少年がひとり、ぽつんと立っていた。緑色のシャツに、ジーンズ。手にしたボールを弄《もてあそ》んでいる。

エレベーターホールの扉のひとつが開き、赤いTシャツの少年が駆け出してきた。待っていた少年の顔がパッと輝く。

「ごめん、遅くなった」

「ううん。平気さ」

「これでゆっくり遊べるね」

「うん。久しぶりだよなー」

二人はチラッと通路に飾られた大きな額を見たが、すぐに興味を失ったように前を向くと、夜のTAIPEIの「思い出」の中に駆け出していき、闇に溶けてすぐに見えなくなった。

理由

昼寝中の私の頭を踏み越えようとした散歩中の猫が、私の左の耳の穴に落ちてしまった。

そこは友人の家だった。前の晩に来て夜中まで話し込み、ゆっくりしってと友人が出かけたあとものんびり昼寝を貪《むさぼ》っていたところである。友人は以前から二匹の猫を飼っていた。その名を、ウカツとソコツという。

どちらの猫も、人なつこいのか高いところが好きなのか、私が友人と喋《しゃべ》っていると肩に飛び乗ってきて、更に頭を乗り越えようとするのに閉口していたが、寝ている時も顔の上を通るとは思わなかった。

夢うつつに、とんとんと小気味好いリズムで歩いてくる足音が聞こえ、胸にとんと飛び乗り、肉球がむぎゅとほっぺたを踏んだと思ったら、左の耳の中にするっと何かが滑っていく感覚があった。

寝耳に水、とはこういう状態だろう。ぶるっと鳥肌が立って目覚め、慌《あわ》てて周囲を見回したが、何もない。

はて、今顔に触れたのは何だったのだろう、と思ったら、耳の中がやけに重い。

おかしい、と思ったら頭の中で声がした。耳の中なので、文字通り、頭《ず》蓋骨《がいこつ》の内側からである。

みゃうおうアあ　おぅあにゃーオ

みゃうおうアあ　おぅあにゃーオ

まるで頭の中で鐘が鳴っているようで、私は顔をしかめた。

どうしよう、耳の中に猫が落ちるなんて聞いたことがない。

混乱したまま頭を振ったり、プールで耳に水が入った時のように片足でケンケン跳んでみたりしたけれど、すっぽり耳に入った猫はいっこうに出てくる気配がない。

ふと、耳元でぶらぶらしているのがはみ出した猫のしっぽだと気付く。

思わずつかんで引っ張ってみた。

しかし、頭の中で花火が弾《はじ》けたような痛みを感じ、悲鳴を上げてすぐにしっぽを放り出した。ご想像通り、猫は私の耳の中で爪《つめ》を立てて踏ん張ったのである。

みゃうおうアア！　オぅあにゃーオッ

みゃうおうアア！　オぅあにゃーオッ

明らかに怒っているようで、抗議の声が脳内に響き渡り、しっぽがぱたんぱたんと私の顔を激しく打つ。

分かった、分かりましたよ、と必死に宥《なだ》めた。

そういえば、猫は本来暗くて狭い場所が好きだと聞いたことがある。猫が入ったほうの耳が重いので、頭を傾けたまま対処法について考えた。病院に行ったほうがいいだろうか。異物が耳に入ったと言って、耳鼻科で取り出してもらおうか。

と、耳から何か冷たいものが流れ出てきたので、慌《あわ》ててティッシュを押し当てた。ぷんと臭ったので、猫のおしっこだと気付く。耳の穴に落ちたのが頭からでよかった。逆から落ちていたら、今頃は私の耳の中がトイレになっていたところだった。

耳にティッシュを押し当てたまま考える。

ところで、今耳の中にいるのはウカツだろうか、ソコツだろうか?

ウカツとソコツはきょうだいで、とてもよく似ているが、確かウカツの顔は黒みがかっていて、ソコツの顔は茶色っぽかったと記憶している。家の中に残っているもう一匹の顔を見れば、どちらなのかが分かるはずだ。

私は家の中を探した。頭が重くてバランスが悪く、歩きにくいことこの上ない。

しかし、どこかに散歩に出かけたのか、もう一匹の姿はない。

私は探し疲れて、窓べの古ぼけた緑色のソファに腰掛けた。このソファが二匹の猫のお気に入りの場所で、必ずここに戻ってくると知っていたからだ。

いつのまにか、私はまたうとうとしていた。頭が重いというのは結構疲れるものなのである。むろん、左の耳に猫が入っているので、そちら側を下にして。

すると、夢うつつに、とんとんと小気味好いリズムで歩いてくる足音が聞こえ、胸にとんと飛び乗り、肉球がむぎゅとほっぺたを踏んだと思ったら、右の耳の中にするっと何かが滑っていく感覚があった。

寝耳に水、とはまさにこのこと。ぶるっと鳥肌が立って跳ね起き——ようとしたのだけれど、慌てて両手を突いて身体《からだ》を支えなければならなかった。

ずしり、と頭がとんでもない重さになっていたからである。

まさか、と思い、重い頭を抱えてよろよろと洗面所に行くと、両方の耳からブラシみたいなしっぽがぶらんと垂れている。

そんな馬鹿《ばか》な。いくら猫の名前がウカツとソコツだからって、二匹そろって耳の穴に落ち込むなんて話、聞いたことがない。

みゃうあうオお　あぅおにゃーア

みゃうあうオお　あぅおにゃーア

またしても、がんがんと頭の中に猫の声が響き渡った。文字通り頭蓋骨の内側から。

すると、先に入っていたほうも声を合わせて鳴き出したではないか。

みゃうおうアあ　おぅあにゃーオ　みゃうおうアあ　おぅあにゃーオ
みゃうあうオお　あぅおにゃーア　みゃうあうオお　あぅおにゃーア

ステレオサウンドで二匹の猫の声ががんがん脳みそに鳴り響くものだから、たまらない。私は悲鳴を上げて逃げ回った。しかし、猫たちはますます鳴き叫び、両耳からはみ出しているしっぽがぱたんぱたんと交互に私の顔を叩《たた》くものだから、パニックに陥ってしまった。

さんざん逃げ回ったものの、猫たちは頭の中にいるのだからどこに行っても逃れられない。ほとほと疲れ切って戻ってきて、緑色のソファの上にばったり倒れこんだ。

すると、猫たちの声がぴたりと止《や》んだのだ。

しっぽも叩くのを止め、頭の上で二本が絡《から》み合って静かになった。

要するに、私が二匹のお気に入りの場所である、このソファから離れたのが気に入らなかったらしい。

ホッと胸を撫《な》でおろしたものの、それからが大変だった。なにしろ、ソファから立ち上がるたびに猫たちは抗議の声を上げるのだ。私はこのソファから離れるわけにいかなくなった。結局猫たちは私の頭の中にいたまま、出て行かなかったからだ。


そんなわけで、パパとママは結婚したんだ。

なにせ、このソファはママがおばあちゃんから貰《もら》った形見だったから、パパにソファを譲るわけにもいかなかったし、パパの頭の中の猫はママの大事な猫だったからね。


え？

信じられないって？

じゃあこれをごらん。ほら、パパの両耳からは今もウカツとソコツのしっぽが垂れているだろ？　うん、パパも、未《いま》だにどっちがウカツでどっちがソコツなのかは分からないんだけどね。

火星の運河

水面に映る碧《みどり》の影が濃くなった。天蓋《てんがい》のように、運河の上を木の枝が覆《おお》っているトンネルに入ったのだ。

平たい船の乗客の上を、緑色の網目模様が移動していく。ぼんやりした木漏れ日がチラチラと、髪を、Tシャツを、腕を照らし出す。

Kが何か耳元で囁《ささや》いたが、よく聞き取れなかった。

「何？」

「タイムトンネルのようだ」

「タイムトンネルを見たことがあるのかい？」

「ないけどね」

Kは小さく声を上げて笑った。

彼の言いたいことは分かる気がした。この、波のない静かな運河の上を、滑るように平行移動していく船に運ばれていると、逆回しにしたフィルムの中に入り込んでしまったような奇妙な錯覚に陥るのだ。

ガイドの声が頭上を通過し、水辺のマングローブに吸い込まれてゆく。護岸されていない岸辺は灰色の泥を水が洗っている。泥を保護色にしているのか、ほとんど同じ色にしか見えない灰色の蟹《かに》が動いている。

船に乗っているからではない。この国に帰ってくると、いつも何かが巻き戻されるのを感じる。街角を行く人々が、時間を逆行してぎくしゃくと後戻りし、誰かが「もう一度」と叫び、何度も同じ場面をやり直すのを見ているような気がする。

ほんの小さな子供の頃、大陸から渡ってきた時のことはよく覚えている。具体的なことはひとつも覚えていないのだが、茫漠《ぼうばく》として、灰色で、平らで、あまりにも巨大なところからやってきたということだけは心に刻みこまれているのだ。

私の故郷。それはもうこの国のはずだ。しかし、そう呟《つぶや》く時に唇に浮かぶほろ苦い感じは、中年と呼ばれるこの歳《とし》になっても、決して消えることはない。呟く度に、身体《からだ》の隅に茫漠とした灰色の風が吹いて、そこに含まれる偽りが私をチクリと刺す。

ふと、脳裏に、運河を滑る白い船が浮かんだ。

船の中には、一人の若い女が横たわり眠っている。

日本の写真家が新婚旅行を撮った写真集に、そんな光景があったっけ。この女性は？　台南の運河の上を行く船に眠る女性は誰だろう？　これは何かの物語のラストシーンだろうか。それとも、冒頭の場面？

「世界の終わりが来た時には」

Kが再び囁いた。

「ここにボートを浮かべて、漂っていたいな」

今度は私が声を上げて笑う。

「その意見には賛成だ。ここで終末を迎えられるのは悪くない」

白いボートの中に、無言で腰を下ろしている私とKの姿が浮かんだ。カメラは頭上に上がり、周辺の世界を映し出す。ボートは点になる。世界は静まり返っている。どこまでも、どこまでも、静まり返っている。

Kが何か思い出したような表情になった。

「火星には直線に引かれた運河があって、それは異星人の文明の痕跡《こんせき》だっていう説があったけど、あの説って今もあるのかな」

「そういえば、最近は聞かないね」

いっとき、火星の表面に幾何学的な線の浮かんだ写真をよく見たことがある。有名な写真だったはずだ。ひょっとして、あれは何かのトリック写真だったのだろうか。

そういえば、火星に有人宇宙船が降り立ったのは政府の大掛かりなヤラセだったという映画もあった。あの映画のせいで、実は人類は月にも降り立っていないのだという根強い陰謀説がある。かつてのステレオタイプの宇宙人は、タコに似た姿をしていて、確かあれは火星人という設定ではなかったか。火星にはどこかレトロないかがわしさがつきまとう。それを、今はロマンと呼ぶのかもしれない。

「台北はデジャ・ビュの街、と言ってたよな。じゃあ、台南は？」

Kが聞く。

私がいつもそう言っているのを覚えていたのだろう。つかのま考えた。

「甘い街、かな」

「甘い街？」

「大人になってからは数えるほどしか来ていない。映画の初日の挨拶《あいさつ》とか、プロモーションだけだ。僕の台南の記憶は、子供の頃のものなんだ。昔は親戚《しんせき》が住んでいて、たまに来ていた」

天井で回る扇風機。からっぽの鳥籠《とりかご》。地面に落ちた西瓜《すいか》の種。パイプ椅子《いす》を引き寄せた時の、コンクリートにこすれる感触。

「子供に甘いのか」

「違う違う」

彼の勘違いに気付いた。

「子供の頃は、果物屋に行くのが楽しみでね。マンゴーや西瓜をいっぱい食べる。台南というと、あの味を思い出す」

氷菓子の頭痛、という言葉を覚えたのはいつだったろう。

「なるほど、そっちか」

Kは日本人だが、やはりアメリカ暮らしの長い帰国子女だった。二人で話すのは主に英語で、日本語と台湾語も何割か混ざる。ちゃんぽんに話していると、時折滑稽《こっけい》な齟齬《そご》が生じたりする。

女が見ている。

ぎくりとした。黒い双眸《そうぼう》がこちらを見ている。

白い船の中の女が、こちらを。

思わずきょろきょろと船内を見回す。この観光船は、平たく白い箱の形をしていて、銀色の手すりが付いている。中には、風呂用のプラスチックの椅子が沢山並べてあって、そこにお客が腰掛けるようになっているのだった。

席は三分の二ほどが埋まっていて、家族連れや老夫婦がほとんどだ。若い女のグループも幾つかあったが、中年男二人の我々になど見向きもせず、きゃあきゃあ言いながら写真を撮り合っている。

しかし、まだ視線を感じる。

涼しげで物言いたげな二つの瞳《ひとみ》。ちょうちん袖《そで》の淡いブルーのブラウス。濃い紫色の麻のスカート。

ああ、とようやく思い当たった。

この白い船は、さっき自分でイメージした船のほうだ。運河をゆく白い船の中で、横たわり眠っていた女が、いつのまにか起き上がって頭の内側から私を見ていたのだ。

誰だろう、この女は。

見覚えのある顔だ。かつてよく知っていた顔、すぐそばで見たことのある顔。

どこで見たのだろう?

「どうした、怖い顔をして」

Kがからかうように言う。

鈍い木漏れ日がKの額をかすめる。なぜか、その木漏れ日が何かのフィルムに見えた。子供の頃、八ミリフィルムを壁に映しているところにふざけて入り込み、身体の上で動く映像を指でなぞっていたことを思い出す。

反射的に、Kの額に指を伸ばして木漏れ日をなぞりそうになったのに気付き、慌《あわ》てて我慢した。

私を忘れちゃったの？

壁に大写しになる女の顔。映写機のカタカタという乾いた音。

「さっきから女の顔が目に浮かぶんだが、誰なのか思い出せない」

当惑しつつも打ち明けると、Kはなんだそんなことか、という表情になった。

「そんなのはしょっちゅうだ。四十を超えてから、固有名詞がどんどん脳のメモリーから抜け落ちてく。往年の大女優や、巨匠の名前すら思い出せない。このあいだなんか、ジャン・ギャバンの名前が思い出せなかった。オーディションした女優かなんかじゃないのか。CFで、チョイ役で使ったとか」

私とKは映像作家という同業者である。

「いや、直近に見た顔じゃない。ずいぶん久しぶりに思い出した、という感じなんだ」

「じゃあ、ここ台南に関係あるんじゃないのか。幼馴染《おさななじみ》とか親戚とか」

「あんな綺麗《きれい》な親戚がいたら絶対忘れないよ」

「お、綺麗なんだな」

「まあね。最初は自分が想像で作った顔かと思った」

「ああ、そういうのってあるな。夢の女、って奴さ」

夢の女。いや、夢ですら見たことがなかったのに。

「女優で言えば、誰に似てる？」

「誰だろう。いそうでいない――」

碧のトンネルを抜けた船の上を、不意に風が吹きぬけた。

後ろのほうで「アッ」という声が上がり、白い帽子が宙に舞い上がるのが見えた。

一瞬、目の前の世界が白く溶けた。何もない虚空《こくう》を帽子が飛んでいく。

私も頭の中で「アッ」と叫んでいた。


カアサン、ボクノアノボウシ、ドウシタデセウネ。


白い腕が伸びて、誰かが帽子をつかまえた。

帽子をつかまえた手に、腕に、腕の持ち主に目をやる。

私はあっけに取られた。

船の中に、一人の女が立っていた。胸に白いつば広の帽子を抱えている。ちょうちん袖の淡い青のブラウスに、濃い紫色のスカート。

「私を忘れちゃったの？」

少し低い、ぶっきらぼうな声。その声を聞いたとたん、彼女が誰だったかはっきりと思い出した。

黒い双眸が私を見つめている。その目は、哀《かな》しんでいるようでもあり、からかっているようでもあった。

これが白昼夢というものか。

私はやけに冷静に、この場の状況を観察していた。

船の中にいる他の乗客は、彼女に気付いていないようだった。私とKは船の真ん中よりやや後ろに座っていたが、乗客は皆前方を見ていて、女が船の中に突っ立っているというのに、誰も彼女に全く注意を払わないのだ。Kですら、のんびりと前を見たまま寛《くつろ》いでいて、私のほうを見ようともしない。

ガイドや船頭も、彼女を一顧だにしない。他の乗客には、「木にぶつかるから乗り出さないで」「立ち上がらないで」と注意するのに、彼女は視界の中に存在していないかのようだった。

「驚いたな」

私は自分の声が冷静なことに驚いた。

「驚くことはないでしょう」

女はぺたんと私の向かいに腰を下ろした。

「それに座ればいいのに」

プラスチックの椅子に目をやると、彼女はかすかに嫌悪《けんお》感をにじませた。

「それ、嫌いなの」

彼女は顔を背け、顔にかかった髪の毛をかきあげた。手の甲の小指の下に、小さな蝶の形をしたあざがある。

「本当に、映画監督になったのね」

「ああ。今はアメリカに住んでる」

「立派になったのね。立派な賞も貰《もら》ったのね」

彼女は私の足元を見つめていた。

「立派になったかどうかは分からないけれど、立派な賞は貰った」

彼女は顔を上げて私を見ると、ちょっとだけ笑った。

その笑顔が懐《なつ》かしくて、自分が少年の頃に戻ったような気がした。

王暁由《ワンシャオヨウ》、という名前だったと思う。

暁由は、私が台南でよく親戚に連れていってもらっていた果物屋の娘だった。学校から帰ってくると店を手伝っていて、道路に面したテーブルのあいだを、いつも鮮やかな果物を載せた銀色の皿を持ってくるくる駆け回っていた。

彼女は二歳か三歳私より年上だった。時々店に来る私のことを暁由はよく覚えていて、しばしば一緒に遊んでくれたのだ。

気立てがよくて綺麗な暁由は、客たちに人気があった。暁由の同級生たちもよく店に来ていたが、彼らの目当てが甘いマンゴーや西瓜だけではないことに子供心にも気が付いていた。

女ばかり三人の長女だった暁由は、私を弟のように可愛《かわい》がってくれた。男の子のきょうだいが欲しかったのだ、と打ち明けてくれたこともある。

私は暁由に淡い憧《あこが》れを抱いていたが、子供の頃の二、三歳の差は大きい。そんな思いを抱いていることを告げるどころか、気付いてもいなかった。

それでも、中学生になって念願の八ミリカメラを手に入れた時、暁由に、初の自主映画の主演として撮らせてほしいと思い切って頼んだのだ。

暁由は恥ずかしがりながらも喜んでくれた。

普段はあまり穿《は》かないスカートと、気に入っているというちょうちん袖のブラウス、買ってもらったばかりという白い帽子姿で待ち合わせ場所に現れた。

今のようにまだ整備されていなかった、オランダ人の造った砲台の跡を、ぶらぶら歩き回りながら彼女を撮影した。

他愛のないストーリーだった。設定としては、失恋をした彼女が散歩をしていて、遺跡の中で大昔の人が書いたラブレターを見つける、という話だったと思う。

砲台の跡は高台にある。

彼女は遺跡のあいだでかがみこみ、崩れかけた壁の隙間《すきま》から、手紙を見つけ出すところだった。

突然、突風が吹いて彼女の帽子を吹き飛ばしたのだ。

「あっ」

私たちは同時に叫び、慌てて帽子を追いかけた。

宙に舞い上がった帽子は、くるくると回って遺跡を囲む林の中に落ちていく。

撮影そっちのけで帽子を探し回り、ようやく木に引っかかっているのを見つけた。

やっと帽子を取り戻し、どちらからともなく顔を見合わせ笑った二人は、同時に同じ言葉を発したのだ。

カアサン、ボクノアノボウシ、ドウシタデセウネ。

子供の頃からよく日本映画を観《み》ていた私たちは、当時ヒットした日本映画の宣伝のフレーズをよく覚えていたのだ。周囲に日本語を話す大人も多かったので耳に馴染みがあり、日本語も少しは解していた。

私は、帽子に手を伸ばした彼女の手の甲に、小さなあざがあるのを見つけた。

蝶の形なんだね。面白い。

生まれつきなの。もしかしたら、私の前世は蝶だったのかもしれないわ。知ってる、大陸の奥にブータンという国があって、たくさんの蝶がいるんですって。なかに、幻と呼ばれている綺麗な蝶があって、もう何十年も見つかっていないんだって。自分がその幻の蝶だったかもしれないと思うと、ちょっと楽しくない？

暁由はあざをさすりながら言った。

そんな蝶よりも暁由のほうがずっと綺麗だよ。

そんな歯の浮くような台詞《せりふ》を自分が言ったことが不思議だった。言ったとたん、自分が耳まで真っ赤になっているのを意識した。

暁由は驚いたように私を見て、それから嬉《うれ》しそうに微笑《ほほえ》んだ。

映画監督になるのね、と彼女は言った。

うん。なりたい。私は大きく頷《うなず》いた。

映画監督になったら、私をもう一度撮ってくれる?

うん、撮るよ。

じゃあ、約束よ。きっと私を撮りに来てね。

うん、約束する。


「——ごめん」

私は、頭を下げた。目の前の彼女に。あの時の暁由に。あの時の自分に。

「ごめん、約束を果たせなかった——僕は高校に進んでからアメリカに留学して、それから拠点を向こうに移したんだ。もう両親も台北にはいない」

暁由は薄く微笑んだ。

「知ってるわ。台南にも、もう誰もいないのよね」

「うん、誰もいない。親戚は大陸に戻った。妹も結婚してアメリカに住んでいる」

暁由はゆっくりと首を振る。

「いいの。あたしだって、もしあなたが来てくれたとしても、会うつもりはなかったんだもの」

胸の奥がうずいた。

暁由の父親には、博打癖《ばくち》があった。

莫大《ばくだい》な借金を背負い、店を取られ、長女である暁由が高校を中退して風俗店に稼ぎに出たと、風の噂《うわさ》に聞いたことがあったのだ。

「さんざんこれと同じ椅子、洗ったわ。もう見るのも嫌」

暁由は、プラスチックの風呂用の椅子を行儀悪く足で蹴飛《けと》ばした。

そして、思い出したように自分の足をじっと見た。

「いっとき、やけになってお客さんと遊び回ってた時期があったの。夜中にドライブをして、あたしが飛ばせ、飛ばせ、とさんざんけしかけたせいで、ハンドルを切り損ねて事故を起こしたの。お客さんは即死。あたしは座席のあいだに左足を挟んだわ」

暁由の足は、すらっとしていてとても綺麗だった。

彼女は足を引っ込め、サッとスカートで覆い隠すと、私に向かって笑顔を作った。

「だから、あなたがもし来てくれていても駄目だったの。あんな足じゃ、スクリーンテストも受けさせてもらえなかったと思うし」

膝《ひざ》を抱く彼女はとても幼く見えた。

「そうかもしれない」

沈黙。

川べりの景色が、揺れる碧が、二人の左右を後ろへ後ろへと流れていく。

「——忘れてたのね」

暁由がぽつんと呟く。

「ごめん、忘れてた」

私は素直に認めた。暁由は小さく笑い声を上げる。どこか達観したような、透明な笑い声だった。

「いいのよ——思い出してくれたから」

その時、彼女の顔が遠く感じた。

私を忘れちゃったの？

暁由はすうっと立ち上がった。

「暁由？」

私は彼女を見上げた。

彼女は胸に帽子を抱え、いよいよ遠く見えた。ただその場で立ち上がっただけなのに。

ごおっと、背後から強い風が吹きつけてきた。

周囲の木々がざわざわと揺れる。

遠ざかる彼女は透明な笑みを浮かべたまま、帽子ごとふうっと風に飛ばされた。

「暁由!」

遠ざかる彼女の唇が動いているのが見える。

カアサン、ボクノアノボウシ、ドウシタデセウネ。

気が付くと、私はひとりでぽつねんと船の後方を見つめていた。

どっどどっ、と船が傾き、白いさざなみが立つ。運河の行き止まりに来て、引き返すために方向転換をしているのだった。

水門をバックに、皆が記念撮影をしている。賑《にぎ》やかな歓声が水門にこだましていた。

「思い出したか? 夢の女」

Kがからかうように話しかけてきた。

「まあね」

「誰だ」

「教えない」

Kは肩をすくめる。好きにしろ、という顔だ。私も、暁由の話をする気はなかった。が、ふと、彼に聞いてみたくなった。

「なあ——初めて映画を撮った時のことを覚えてるか。誰を撮ろうと思ったか、覚えているか？」

Kは不意を突かれた表情になり、つかのま考え込んだ。やがて顔を上げると、遠い目で運河の岸辺を見た。

彼も思い出しているのだろう。彼の暁由を。

きっと誰もが暁由を持っているのだ——世のすべての映画監督が、初めて自分の手でスクリーンに焼き付けようと思った、彼らの暁由を。


戻りはアッというまだった。

どうして、帰りの道はこんなにも早いのだろう。

船着場に着いて、船の中で乗客が立ち上がり、船がゆらゆらと揺れた。

列の後ろに付いて、岸辺に上がる順番を待つ。

横に立っていた夫婦に、先に行くよう促した。妻のほうは足が悪いようで杖《つえ》を手にしており、揺れる船の中に立っているのがつらそうだったからだ。

上品そうな夫が私に向かって会釈《えしやく》し、「おや」と目を見開いた。

「失礼ですが——Y監督ですか？」

ぎくりとした。まさかこんなところで私の顔を見知っている人に会うとは思わなかったのだ。

「××賞、おめでとうございます。いつも妻と観ています」

「ありがとうございます」

丁寧な祝いの言葉に、かえってどぎまぎしてしまい、慌てて頭を下げた。

妻がチラッとこちらを見たような気がした。帽子を目深《まぶか》にかぶっているので、顔は見えなかった。銀髪になった髪が覗《のぞ》いている。

「では、失礼します——大丈夫か？　しっかりつかまって。そこに足を乗せて」

妻は震える手で夫の腕をつかみ、杖を使って苦労して岸辺に上がった。

男につかまっている女の手が目に入る。

結婚指輪をした指の下のほうに、蝶の形をした小さなあざがあった。

私はハッとして、棒立ちになる。

助け合いながら、夫婦はゆっくりと船着場の石段を登ってゆく。その背中が他の乗降客に紛れて小さくなる。

幻の蝶が飛び立つ。

遠い空の向こう、大陸の奥深くにある森の国。その美しい蝶は、ひらひらと森を越え、たちまち雲に溶けて何も見えなくなった。

死者の季節

死者にふさわしい、死者のための季節というものがこの世にあるとすれば、それはいつ頃だろう。

そんなことをここ数年、ずっと考えている。

九〇年代のアメリカのTVドラマシリーズで『THE X-FILES』というのがある。

FBI（アメリカ連邦捜査局）の中に、科学では説明できないジャンルの事件（宇宙人による誘拐や超能力による殺人など）を捜査する部署がある、という設定で第九シーズンまで続いた人気シリーズだ。

一年ほど前にこのDVDソフトを揃《そろ》える機会があって、時々思い出したように観《み》ている。

つい先日も、仕事が一区切りついたところで夜中に観ていたら、メキシコからの不法移民の住む集落を舞台にした回があった。ある日、その集落の近くで突然目も眩《くら》むような閃光《せんこう》と爆発音が起き、黄色い雨が降る。爆発の中心に近かったところに、ヤギと女が身体《からだ》中カビだらけになって死んでいた、という導入部である。

メキシコにはチュパカブラという悪霊《あくりょう》の言い伝えがあり、しばしば人にとりついて家畜や人間を殺すという。移民たちのあいだに、爆発の近くにいた男が「チュパカブラになった」という噂《うわさ》が流れ、男は忌避されるようになった上に、女を殺した容疑で追われる羽目になる。

科学的には、宇宙から飛んできた火球に未知の酵素がくっついていて、それが人間の免疫を作用できなくしてしまう、という説明が為《な》されていたが、私が興味深く思ったのは、結末の部分だった。メキシコ移民側から見た結末とＦＢＩ側から見た結末、その両方が示されているのである。

ＦＢＩ側から見たものは、爆発があったところに防護服を着た化学部隊がやってきて、たまたま酵素が効かなかったために生き残った男を隔離して連れていくというのが結末である。

しかし、同じ場面をメキシコ移民側から見ると、得体の知れない白い魔物（＝チュパカブラ）が同じチュパカブラとなってしまった男と昇天していった、という伝説になってしまうのだった。

このラストを見ていて、何か似たような話があったな、とモヤモヤした気分になる。これと似たような話をかつて見聞きしたことがある。

思い出したのは、布団《ふとん》に入ってさて寝ようと目を閉じた時だ。

松本サリン事件である。

一九九四年六月二十七日の深夜。

長野県松本市の住宅街で、毒ガスが撒《ま》かれ（たのか漏れたのかは、この時点ではまだ分からなかった）住民が死亡、あるいは重篤《じゅうとく》状態に陥った。

当初、警察は第一通報者であった近所に住む男性を重要参考人として追及。

「宇宙服のようなものを着た人物が、付近で活動していた」という目撃者の証言は全く相手にされず無視された。

確かに、今ならばどんなことでもやりかねない犯人グループであることを知っているが、当時は俄《にわ》かには信じがたい証言だったかもしれない。警察にとっては、『ＴＨ

EX-FILES』の移民たちのように、細菌兵器や未知の病原体に対応するための特殊部隊の装備が、荒唐無稽《こうとうむけい》な宇宙人にしか見えなかったのだ。

知り合いで、かつて法医学者として検死を仕事にしていたという人がいる。その人の話で、強烈に印象に残っているのは、扱う遺体で季節が分かる、というものだった。

夏場ならば水遊びでの水死が増え、冬は換気不足のための一酸化炭素中毒など。そして、白骨死体が出てくるのは春と秋、なのだそうだ。なぜならば、日本人は春は山菜採り、秋はきのこ採りで山に入るからだという。白骨死体の発見者はほとんどがそういう人たちらしい。特に春は多く、白骨死体が出てくると「春だなあ」と思うそうだ。

四月は残酷な月、という言葉がある。

生命が萌《も》えいずる季節。大地も空も、生命の気配に満ち溢《あふ》れ、世界は生まれ変わったように見える。旅立ちの季節、世代交代の季節。

かつては新しいことばかりで嫌な季節だと思っていたが、最近は生命としてのピークを過ぎ、老いていくことを実感するようになった。下り坂になった生命にとって、新しく伸び盛りの命は、眩《まぶ》しく獰猛《どうもう》であり、居場所を譲れと押しのけられそうで、脅威でもある。

同時に、もうこの世に存在しない死者の気配を強く感じるようになった。年々その気配は強まり、すぐそこに彼らの息遣いを感じる。

ならば、死者にふさわしいのはこの残酷な四月、春なのではないか。

人間の行動は合理的でないことはよく知られている。損得ではなく、感情が左右するのだ。

先日TVを観ていたら、元投資銀行のトレーダーだった人がいわゆる「プロスペクト理論」を説明していた。

たとえば、「次の問題でどちらか選びなさい」という質問をしたとする。

(問一)

A．八〇万円もらえる。

B．一六〇万円もらえるが、五〇パーセントの確率でゼロになる可能性がある。

この場合、ほとんどの人がAを選ぶ。

しかし、

(問二)

A．八〇万円損する。

B．一六〇万円損するが、五〇パーセントの確率で損失ゼロになる。

この場合は、ほとんどの人がBを選ぶという。

つまり、得をしている時にはリスクを回避するのに、損をしている時にはより多くのリスクを取ってしまうのだ。プロのトレーダーでもそれは同じで、負けが込んでくるほど一か八かの勝負に出て取り返そうとし、大損してしまうという。この心理は、何も投資やギャンブルでなくともよく分かる。「負けたくない」あるいは「失敗したくない」と思い、どんどん手持ちの案件が手放せなくなる。抱え込むとひとつに掛ける時間が更に減り、ますます手放せなくなるという悪循環。

それは、あたかも自分にかけた呪《のろ》いのようなものだ。

本当に望んでいることは口に出してはいけない、と言われる。口に出してしまうと、魔物が寄ってくる。好事魔多し、という言葉もある。

逆に、実現したいことをいつも口にして、周囲に表明しておくべし、という理屈もある。モチベーションが高まり、実現せざるを得なくなるし、周りも応援してくれるようになるから、と。

恐らく、どちらも正しいのだ。自分に呪いをかけているという点では同じなのだから。どちらにせよ——つまり、言葉というのは恐ろしい。


一九九四年六月二十八日の夕方だった。

蒸し暑い、どんよりした天気だったことを覚えている。

学生時代の友人からパニックに陥った声で電話が掛かってきた。

自宅に帰ってきたばかりの私は、最初彼女が何を言っているのかよく分からなかった。

取り込んできた郵便物を抱えていた状態の私に彼女は叫んだ。

「夕刊見てよ！　××が死んじゃったのよ！」

ギョッとして、手に抱えていた夕刊を見ると、一面に松本で毒ガスが発生、住民が亡《な》くなったという記事があり、ぼやけた顔写真が幾つか並んでいる。

最初、私はその写真のひとつが、私の知っている××（仮にAとする）だとは分からなかった。集合写真の何かを引き伸ばしたのか、あまりにもぼやけていて記憶の中の顔と違っていたからだ。

しかも、毒ガスだという。地方都市の住宅街で、なぜ毒ガス？

写真をぼんやり眺めつつも、あまりに不可解な事件で実感が湧《わ》かなかった。

電話を掛けてきた友人がパニックになるのも無理はなかった。彼女はAと親しく、この夏も一緒に海外旅行に出かける約束をしていたのだ。直近にも連絡を取り合ったばかりだったという。

私は友人を介してAと知り合い、何度かお茶を飲んだ程度の仲だったが、パワフルで頭の回転が速く、どちらでもない私はいつも圧倒されていた。まさか、そんなAが、こんな不可解な事件で命を落とすとは。

手の中に新聞があり、写真が載っていても、私はまだ半信半疑だった。

蒸し暑い夜。TVを点《つ》けると、どの局もこの事件を放送していた。警察は、第一通報者の自宅から農薬などを押収《おうしゅう》した、と発表。まさか、この事件がまだ続くとは夢にも思っていなかった。

知り合いの○○さん（仮にBさんとする）が、バイクのツーリングに出かけて行方不明になったのは、夏の終わり頃である。

若い頃からバイクが大好きで、よく週末などは一人であちこちに出かけていた。

いつものように、半日で戻ると家族に言い置いて出かけたBさんは、そのまま戻ってこなかった。何の連絡もない。

成人男性の失踪《しっそう》というのは、なかなか調べてもらえないという。本人の意志で姿を消す例がままあるからだそうだ。

しかし、家族は納得できなかった。どう考えても失踪する理由がない。家族はBさんが向かったと思われる方面に出向き、「探しています」のチラシを配り、バスの中などにも貼《は》ってもらった。

何の情報もなく、季節は巡った。

しばらく経《た》って落ち着いてから、友人はAとの会話について話してくれた。

旅行の手配はあの子がしてくれてたんだけどね、なんか手違いとか多くて、ブッキングがうまくいかなかったりして。そしたら、あの子が電話で言ったの。

——ごめん、これ、きっとあたしのせいだわ。あたし、なんだかこのところツイてないの。

Aは私や友人と同じ大学を卒業してから、もう一度別の大学を受け直し、最終学年を迎えて卒論を書いているところだった。連日研究室に深夜まで詰めており、本来ならば日付が変わる前に家に戻ることはなかったのだそうだ。

なのに、その頃Aは夏風邪を引いていて体調が悪く、早く帰ってきた。

しかも、その晩はたまたまエアコンが壊れていて、窓を開けていたらしいのである。

私にはパワフルでたくましく見えたAは、友人に言わせると、繊細で細かいところを気にするところもあったようだ。

友人は、Aの電話での会話が何かの予兆だったように思えたらしい。

あたし、なんだかこのところツイてないの。

私は、恐ろしくなった。

やはり、言ってはいけないのだ。自分に呪いをかけてはいけない。もし感じていても、口に出さずに、じっと頭を引っ込めて魔の時期が過ぎていくのを待っていなくてはならないのだ、と。

今年もまた蒸し暑い季節がやってきて、窓を開ける度にAの言葉を思い浮かべてしまう。なぜあの日あんなに蒸し暑く、なぜ風邪を引いていて、なぜエアコンが壊れていたのだろう。それはいつから決まっていたことなのだろうか。

夏の、緑が濃くなる季節。

窓の外には、生命の猛々《たけだけ》しい気配が満ちみちている。

そこには、死者の気配もある。生命と同じくらい濃く、生命の作る影の中に潜んでいる。夏もまた、彼らにふさわしい季節なのかもしれない。

女性は占いが好きで、観てもらうのも好きだ。

社会人になってから、定期的に観てもらっている人が周囲に結構いるのに驚いた。また、占いをするほうも、街角や「占いの館《やかた》」みたいなところにいるわけでなく、普通の会社員などをしていて、無報酬で頼まれたら観る、という形を取っている人が多いのにも驚いた。

そういう人に、何度か観てもらったことがある。私はいつも観るほうの人に興味がある。いつから観ているのか、いつ自分が観えることに気付いたのか、どういうふうに観えるのか、自分のことは観ないのか。人それぞれで興味深い。

その一方で、観て言葉にすることを恐ろしいと思わないのか、とも思う。占うということは、占う相手に呪いをかけることではないのか。それを不思議に思う。もっとも、呪いをかけてもらいたいと願う人がそれだけ多いということも知っているのだが。

文明の利器というのは凄《すご》いもので、それに慣れてしまうと、それがなかった時のことなどもう思い出せなくなってしまう。

つい先日、一九八〇年代後半から二〇〇〇年代前半までを描いた小説を読んだ。その中に、九〇年代半ば、TV局勤めの主人公が、普及し始めたばかりの携帯電話を使うのを、女友達が「みっともないし、恥ずかしいから使わないで」とたしなめるシーンがある。

そうだった、あの頃は、携帯電話を使う人間を、周囲は冷ややかな目で見ていたものである。絶対に買わない、と主張していた人も多くいたし、私もその一人だった。

それどころか、今では皆がパソコンを持ち、世界中の人と繋《つな》がれる。Eメール、ソーシャルネットワーク、クラウドシステム。

いつしか見えないところで新たな生命が増殖し、その茫漠とした世界はまだまだ広がりつつある。

その訃報《ふほう》を見たのは、年が明けたばかりのメーリングリストでだった。

寝耳に水、とはこのことで、学生時代のサークルの先輩が亡くなったのである。

仮にCさん、とする。

それはあまりにも突然だった。出張先で、お客さんと食事をして、帰り道に凍結していた路面で転倒して頭を強打したのだそうだ。

そのまま意識は戻らず、数日後に亡くなったという。

葬儀に行った人も、家族も、呆然《ぼうぜん》としていたそうだ。

まさかこんなふうに別れるなんて。

病気をしたわけでもないので、顔も綺麗で、眠っているようにしか見えなかった、とメーリングリストに書いている人もいた。

私はまたしてもあっけに取られた。

あの夕刊をぼんやり眺めていた時と同じように、パソコンの画面を眺めてあぜんとしていた。

実感が湧かない。

私の所属していたサークルは一緒にいる時間がとても長く、学生時代はみんなほとんど家族のように過ごしていた。あの時代に一生分つきあったような気がするほどだ。あれほど濃密なつきあいはもうないだろう。

今もまだ信じられず、きっとこのままCさんは学生時代のイメージのまま、みんなの中で生き続けるような気がする。

そのことを思い出したのは、数日後のことだ。

なぜか、夜、風呂に入って髪を洗っている時のことだった。

どうして思い出したのかは分からない。突然、学生時代のことがくっきりと頭の中に蘇《よみがえ》ったのだ。

それは、秋の学園祭の場面である。

私の所属していたサークルは音楽サークルで、学園祭のあいだは教室を借りてライブをやる。ライブハウス風に、ジュースやお茶を出してお金を取るのである。

我々の出るライブまではまだ時間があったので、私と友達とCさんは、学園祭でごった返す大学の構内をぶらぶら冷やかしていた。

その時、占い研究会のブースを通りかかったのだ。

別に観てもらうつもりはなかったのだが、入口にいる女の子に「観てあげます、今空いてますからどうぞ」と強く勧められて、「じゃあ、時間潰《つぶ》しに」と入ったのだった。

その女の子の顔は、今でもはっきりと思い出せる。

普通、占い師というと神秘的だとか謎《なぞ》めいている、みたいなタイプの人を想像するのだが、彼女は気さくでハキハキしていて、どちらかといえば出来る営業マンみたいな感じの子だった。実際、話もユーモラスでうまく、どこに就職したのかは知らないが、さぞかし優秀な営業ウーマンになったのではないかと思われる。

目の大きな子だった。今でいう目力のある子で、思い出すと、目ばかりが浮かぶ。

彼女の占いは、手相だった。じっくりと眺めて妙に説得力のある話を繰り広げる。最初は乗り気でなかった私たちも、次第に引き込まれて、あれもこれもと観てもらった。そのほとんどは、実はあまり覚えていない。「あなたはこういう人です」といろいろ言われた気がするが、今となっては自分の性格などどうでもよい話だし。とにかく、盛り上がってわいわい楽しく占ってもらった。

結構長居をして、追加料金まで支払ったのだから、相当面白かったのだと思う。

「そろそろライブの時間があるから戻りましょうか」

時計を見て、私と友達が腰を浮かせると、Cさんが「じゃあ」と言ったのだ。

「最後に、どんなふうに死ぬのか観てもらおうよ」

私と友達は「えーっ、やだそんなのー」と叫んだ。

「いいじゃん、この機会に観てもらおうよ」

Cさんは、占い師の彼女に「お願いします」と頼み、私と友達も「じゃあ」と渋々同意した。

占い師の女の子は、また笑いを交えてお喋《しゃべ》りをしながら私と友達の手相を見、老衰、晩年病気、とあっけらかんと笑いながら言った。なので、私も友達もそんなに大したことを観てもらっているという感じがしなかった。

最後に、彼女はCさんの手相を見た。

ちょっと観て、彼女が「うん？」というような、怪訝《けげん》そうな顔になったのを覚えている。

私たちは、その様子がなんとなく気にかかり、黙り込んで彼女に注目した。

彼女は真顔で、Cさんの手を見ていた。

少しして、彼女はぼそりと呟《つぶや》いた。

「——事故？」

えっ、と私たちは声も出さずに互いの顔を見合わせた。

Cさんは、「えーっ、事故なの？」と聞き返す。

しかし、彼女はまだCさんの手から目を離そうとしない。

なんとなく、Cさんも不安そうな顔になる。

やがて、彼女は淡々とした声で言った。

「うーん。あなた、五十歳くらいになったら、不慮の事故に気をつけたほうがいい」

「えー」

Cさんは声を上げた。

それで占いは終わった。

ライブまで時間がなかったので、私たちは慌てて自分たちの部屋に戻った。すぐに演奏に気を取られて、この時の占いのことなどすっかり忘れてしまっていた。

私もそうである。なにしろ、この日、髪を洗うまで忘れていたのだ。

Cさんにしろ、当時二十歳そこそこで自分が五十歳になることなど想像できなかっただろうし、すっかり忘れてしまっていたのではないだろうか。

だが、私はあまりにも鮮明に当時のことを思い出したことに当惑していた。

そうだ、あの時、手相を観てもらった。Cさんが頼んで、あの時、占い師の女の子はそう言った。

次の瞬間、私はメーリングリストで読んだ訃報の中の一文を思い出したのである。

Cさんの享年《きょうねん》は五十歳であった。

今年もまた、蒸し暑い夏が来て、窓を開けておく時間が長くなってきた。

窓の外の濃密な気配。

今は、毒ガスではないものの心配をしなければならない世界になってしまった。それは目に見えないけれど、やはりすぐそこに、死者の気配を漂わせ、確かに存在しているのである。

昨年から今年にかけて、十七年に亘《わた》って逃亡していた地下鉄サリン事件の実行犯が逮捕され、捜査が終結した、という記事が新聞に載っていた。

Bさんは、昨年の春になって見つかった。

山の中腹で、壊れたバイクと一緒に見つかったそうだ。

見つけたのは、やはり山菜採りで山に入った人だった。

季節は巡る。

死者にふさわしい季節はいつだろう。

桜の花が咲くたびに、熱帯夜のニュースを聞くたびに考える。

そう遠くないところに、彼らは我々と一緒にいる。私たちと彼らのいる場所は、たいして違わないのではないか。今は、そんな気がしてならない。

劇場を出て

観音開きの重いドアが二人の係員の手で大きく開けられ、中から顔を上気させた観客たちがどっと溢《あふ》れ出してきた。

興奮した表情や満足げな表情。どの顔も目をきらきらさせ、連れと一斉に話し始めたのでロビーがいっぺんに賑《にぎ》やかになる。

パンフレットを買い求めたり、ロビーを埋める花の贈り主を感慨深げに眺める客と、帰りの交通機関の時間を気にして足を速める客とが混ざりあって、そこここで人の流れに小さな混乱が生じている。劇場のスタッフとにこやかに談笑しているのは、名の知れた映画監督で、そこだけなぜかほっこりと明るい。

「——紹介しようか？」

自分が足を止めてその監督を見ていたことに気付き、少女はハッとした。少し身体《からだ》をかがめて、彼女の顔を覗《のぞ》き込んでいる男と目が合い、どぎまぎすると、慌《あわ》てて首を振った。

「いえ、いいんです。お話中だし」

「本当に？」

「ええ。Tさん、これから打ち合わせなんでしょう？　もう出ましょう」

わざと背を向け、少女は先に立って歩き出した。

その彼女の背中に男は声を掛ける。

「どうだった？」

少女は明るい表情で振り返り、にっこり笑ってみせる。

「とってもよかった。特に、Mさんが」

「うん、うん。彼女、今、ノッてるよね。ここんところ話題作続きで」

男が大きく頷《うなず》いたので、少女はちょっと複雑な気分になる。

「まだ若いのにコケティッシュというか、妖艶《ようえん》だよねえ。あ、同い年だっけ？」

「いえ、あたしよりもひとつ上です」

少女は堅い声で答える。

へえ、と男は意外そうな声を上げる。その驚いた様子に、少女はまたほんの少し、胸のうずきを感じる。

「そっかー。ひとつしか違わないのかあ。ま、Nちゃんとはタイプ違うもんね。俺は、Nちゃんにはずっとそのまんまでいてほしいんだけど、女の子ってあっというまに変わってくからなあ」

たぶん、男は少女のことを誉《ほ》めたつもりだったのだろう。

目を掛けてくれている優しいお兄さん。彼は、少女の急速な成長を望まない。いつまでも可愛《かわい》い妹でいてほしい。

「ごめんね、ホントはご飯一緒に食べたかったんだけど、もうかなり時間押しちゃってるから、俺、もう行くわ。一緒に乗ってきなよ。駅で落としていくよ」

男は少女の表情など構わず、腕時計を見ると慌てて車道に向かって身を乗り出し、タクシーに手を振った。

タクシーに乗り込み、振り返った男に少女は一歩後ずさると、ゆっくりと首を振る。

「いいんです。今夜はあったかいし、歩きたい気分だから」

「え、いいの？」

「ほんとに、いいの。余韻に浸りたいし」

「分かった。じゃ、またね。連絡する」

バタンというドアの閉まる音だけ残し、たちまちタクシーのランプが遠くなった。後部座席の頭は振り向かない。

少女は車を見送り、ふう、と小さな溜息《ためいき》を洩《も》らす。

やがて、ぶらぶらと歩き出し、人々が思い思いにそぞろ歩く夜の空気を吸い込む。

妖艶、か。

口の中で小さく呟《つぶや》き、のろのろと緩やかな坂を登ると、ぽっかりとエアポケットのようにビルの谷間にある、本当に猫の額ほどの、小さな公園が目に入った。

いっぽんの木が青々と茂り、その隣に街灯があって、まるでスポットライトでも当てているかのように丸く地面を照らしている。

少女はその切り取られたような明るい空間をしばらく見つめていたが、ふらふらと引き寄せられるようにそのスポットライトの中に立った。

俯《うつむ》いてじっとしていた彼女が、次に顔を上げた時、そこには別の女の顔がある。

「──あなたは二十六か七になるわね、それなのにまるでくちばしの黄色い中学生」

昏《くら》い目をした女は、吐き捨てるように呟く。

たった今見てきた芝居。『桜の園』のラネーフスカヤ。

「もう大人になっていいころでしょう。その歳《とし》になれば、恋する人の気持ちぐらいわからなくちゃ。自分もその気持ちになってみることね！　あなたも恋をしなくちゃ！　そうよ、そう！　あなただって私同様、清らかなんかであるはずがない！　ただの道学者ぶった気どり屋、滑稽《こっけい》な変人、いんちきな化けものよ……！」

少女はそこまで一気に台詞《せりふ》を言ったところで放心する。

手をだらりとさせ、夜の公園の明かりの中に立ち尽くす。

それまで気付かなかった虫の声が、静かに彼女を包む。

やがてハッとしたように周囲をきょろきょろ見回し、そっと苦笑いをする。

少女はゆっくりと街灯の下から離れ、公園を出た。そして、夜の街の明かりに向かってパッと力強く駆け出していき、すぐに見えなくなった。

二人でお茶を

今となっては、本当に夢のような話なんですよ。これまで誰にも話したことがありません。ずいぶん前のことになりますし、あんなことが本当に自分の身の上に起きたのか、もう分からなくなってしまっている。ですから、まあ、眉《まゆ》に唾《つば》をつけて聞いてください。もしかすると、僕自身、勝手に記憶を作り変えてるかもしれないし。

きっかけは親知らずです。いや、「二人でお茶を」かな。

ああ、「二人でお茶を」というのは曲名です。聞いたことありませんか、こういうメロディです。

ええ、とても有名な曲です。アメリカのミュージカルで使われた曲で、確か一九二〇年代に作られて、その後ドリス・デイ主演の映画でも使われて、そっちで有名になったみたいです。

親知らずのほうはですね、僕が二十一歳の秋でした。ちょっと早いですよね。人によっては、四十歳くらいまでなんともないっていうのに。左上の親知らずが突然痛み出しまして。それも、最悪のタイミングで。音大のピアノ科にいた僕が、日本でいちばん権威のある音楽コンクールに出た時の、二次審査に出場する、その前の晩なんです。

まだコートを着るには早いだろうと思って、ジャケットにシャツという格好で移動してたんですけど、急に気温が下がって、身体《からだ》が冷えたのがまずかったらしい。前の晩に夕飯を食べている頃から急に痛み出して、文字通り脳天を貫くような激しい痛みが断続的に続いて、鎮痛剤も効かない。あれって、痛みだしてから飲んでも効かないらしいですね。翌日は大事な二次審査だというのに、一睡もできなかった。あまりの凄《すさ》まじい痛みと、どうしてこんな大切な日に、というのがショックでね。明け方になる頃には、ほとんど泣きべそをかいてました。

棄権することも考えましたが、この日のために長い時間かけて準備してきたのでどうしても出たかった。痛みで朦朧《もうろう》としながら、練習室で指ならしをしました。でも、とてもじゃないけど演奏に集中できない。

その時、最大級の痛みが来ましてね。一瞬、気絶するほどの激痛でした。その瞬間、頭が真っ白になって、奇妙なことが起きたんです。

あの感覚は今でも覚えています。

誰かが頭の中に入ってきた。というか、僕の頭の中のどこかにいた、それまで眠っていた誰かが目を覚ました、覚醒《かくせい》した、という感覚です。

ね、荒唐無稽《こうとうむけい》な話でしょ？　続けていいですか？　僕だって、こうして話しながら信じられないよなあと思ってるんだから。

むろん、その時はそう感じつつもそれどころではなかったから、ぐらぐらする頭を叩《たた》いて、気を取り直すのに必死でした。脂汗《あぶらあせ》が出てきて、椅子《いす》にきちんと座っているのもつらいくらい。

落ち着け。落ち着くんだ。アレを弾こう。

僕は自分にそう言い聞かせて、「二人でお茶を」を弾いたんです。

実は、この曲は僕のお守りみたいな曲でしてね。

子供の頃、ピアノ教室に入った時、僕の先生はいきなりレッスンするんじゃなくて、最初はピアノで遊ぶんです。楽譜も見ないで、先生と一緒にデタラメに勝手な曲を弾く。先生が弾いている曲を見よう見真似《みまね》で、ひとつのピアノで並んで弾く。

その時、真っ先に覚えたのがこの曲なんです。本当は、連弾といって二人で弾くようにできている楽譜なんですけど、それ以来、緊張したり、煮詰まったりした時にはこの曲を弾くとホッとする。

だから、久しぶりに弾いてみた。

だけど、何かが変なんです。歯の痛みのせいでいつもと違うように聞こえるのかと思った。でも、そのうちにハッと気付いた。

連弾用の楽譜で、僕はその片方のパートを弾いているのに、聞こえてくるのは、二人分なんです！

誰かがもう一人の分を弾いている！

僕は、自分の頭がおかしくなったのかと思いました。幻聴か、とも思いました。

と、突然頭の中で声がしたんです。

（いい曲だ）

いや、それは正確じゃないな。声がしたというのか、声を感じたというのか――どう説明したものか。

誰かの意識を感じた、というのが近いかなあ。その証拠に、「彼」がそれを何語で喋《しゃべ》っていたのか最後まで分からなかった。日本語でもなく、外国語でもない。何かこう、イメージの塊みたいなものを感じただけで。

その時、ちゃんと鍵盤《けんばん》が動いていたかは覚えてません。もう一人のパートが一緒に鳴っていたのは確かですが、もう一人が物理的にピアノの鍵盤を押していたのかどうかは。

だから、あとになって何度も自分に言い聞かせようとしましたよ。

あれは、虐待《ぎゃくたい》を受けている子供みたいに、コンクール本番当日という極限状況で、親知らずの痛みから逃げるために僕の無意識が作り出したもう一人の自分だったんじゃないかって。

でも、「彼」のほうでは僕という他人の中にいて、僕に話しかけているということは理解していました。最初の瞬間は、彼もどういうことなのか分からず混乱していたみたいですが。

しかし、僕は完全にパニックに陥っていました。いや、パニックを通り越して、考えるのを拒絶していたというか。

二人分の音のする「二人でお茶を」を弾きながら、僕は呆然《ぼうぜん》としていました。いわゆる、自動筆記状態とでもいいましょうか。

その日、二次審査の記憶がないんです。いえ、映像としては覚えている。僕がステージに立って、演奏をしたのは確かなんですが、自分が弾いたという実感がない。ただ、言えるのは、その日、僕はこれまでにない素晴らしい演奏をしたということです。

実は、僕はピアニストとして重大な欠点を抱えていました。上がり症なんです。概《おお》ね平気なんですけど、何かの不安のスイッチが入るとボロボロになる。何年も練習してだいぶ改善はされたんですが、こんな大きなコンクールの最中に、何かのスイッチが入ったらどうしようという不安は抱えていました。一次審査は演奏時間も短いですから一息に弾けますが、二次審査になると四十分近く演奏しなければなりません。そんな時にこの親知らずの激痛です。これはもう不安のスイッチが入りまくりでもうダメなんじゃないかという気持ちと、逆に痛みに気を取られて余計な緊張をしないで済むかもしれない、という二つの感情に引き裂かれていた。

どうやら、その狭間《はざま》に「彼」が入り込む余地があったのではないか。

つまり、どう考えても、この日は僕が弾いていたのではない。「彼」が弾いていたんです。

僕の中で目覚めた誰か。その誰かが弾いていた。ベートーヴェンもショパンもラフマニノフも。

お客さんが熱狂していたのをおぼろげに覚えています。客席で聴いていた先生が顔を真っ赤にして僕のところに来て、よかった、おまえならできると思っていた、と言いましたが僕はぼうっとしていました。なにしろ親知らずは痛いし、自分で弾いた感じがしなかったし。先生は僕が上がり症なのをずっと僕以上に心配していて、あれさえなければおまえは本当に素晴らしいピアニストなのに、とつねづね言ってくれていたから。

僕は二次審査を通りました。

親知らずの痛みは小康状態を保っていました。ここで抜いたりしたら、熱が出たり腫《は》れたりするに決まっているので、だましだまし我慢することにしたんです。

それからコンクールが終わるまで、あの奇妙な感じは消えませんでした。僕の中に誰かがいて、彼が演奏しているという感覚。むしろ、それは日に日に強くなるような気すらしました。

「彼」は僕がピアノを弾く学生であり、重要なステージに立っている、ということを理解したようでした。練習をしていると、なんとも不思議な心地がしました。僕が練習しているというよりは、「彼」が僕を通して練習している、という感じなんです。「彼」は僕の三次審査のプログラムをじっくり吟味し、試しているようでした。僕の好きなシューマンとシューベルトを中心に組んだプログラムを、僕を通して弾いてみる。それが、いちいちとても正確なんです。僕が苦労して弾いていた箇所も、全然力の入り方が違って、羽根のように軽々と弾ける。そうなのか、こんなふうに弾くのか。僕は練習しながら目からウロコが落ちっぱなしでした。そして、技術に気を取られずに弾けるようになると、これまでにつかみかねていた曲想が全く違うアプローチで心に浮かんでくるのを感じました。それは、本当に、「啓示」に近いような衝撃でした。

　この曲はこうだ、こう弾いてもらいたがっている、こんなふうに。そういう確信がふっと浮かんでくる。それがとても自然で、どれも説得力がある。腑《ふ》に落ちる。「彼」と一緒に僕も必死に練習していました。「彼」の考えることについていこうと、あんなに集中して練習したことはそれまでなかったかもしれません。

三次審査の一時間の演奏は、あとで「神がかり的だった」と言われたほどです。

　僕は、コンクールに出ているというよりは、いかに「彼」の弾きたいように弾くかということに熱心になるあまり、上がり症であることも忘れていました。この時には「彼」と僕が重なり始めていた感じでした。

僕は百名を越すコンテスタントの中から、本選の六人に残りました。

本選は、オーケストラとの協奏曲です。

僕が取り出した楽譜を見て、「彼」がものすごく興奮したのが分かりました。それはもう、こちらまで舞い上がるような、胸がざわざわする興奮でした。

シューマンのピアノ協奏曲です。

(もう一度弾けるなんて)

「彼」がそう考えたのが分かりました。

もう一度? どういう意味だろう? ふと疑問に思いましたが、「彼」が練習に夢中なので、僕も夢中になってついていきました。

リハーサルでも、「彼」は興奮していました。奇妙なことに、指揮者を見ていると、時々ふっと二重にぶれるのです。というよりも、指揮者の上に、別の人の映像が重なっているみたいでした。指揮者は若手の新進気鋭の日本人でしたが、どうやらその映像は、鼻筋の通った、鋭いまなざしの欧米人のように見えます。

僕は内心「アッ」と叫んでいました。どうみても、その指揮者はかつて「帝王」と言われたドイツの大指揮者の若い頃の姿に似ているのです。

「彼」はいったい誰なのだろう？

そこで僕は初めてそう考えました。逆に言うと、それまで「彼」の正体について深く考えなかったのが不思議です。考えることを拒絶していたのかもしれないし、もう一人の自分だと思いこもうとしていたのかもしれません。

ふと、「彼」がある名前を思い浮かべたのです。

（コンスタンティン――）

その時、僕は全身を貫くような衝撃を感じました。

まさか。

僕は、自分が思いついたことが自分で信じられませんでした。

まさかとは思うけれど、彼はあの「L」では。

そもそも、僕が本選の曲にシューマンのコンチェルトを選んだのは、Lを尊敬し、Lの演奏に憧《あこが》れているからでした。

シューマンのコンチェルトは、ピアノ協奏曲の中でも難曲とされています。滑らかでエレガントな曲だし、聴いた感じではそんなに難しいと思えないのですが、ずっと弾きっぱなしなので、オーケストラを引っ張っていくのが大変で、いったんタイミングが狂うと立て直しができない。僕は、ロシアのテクニシャンと言われる若手ピアニストがこのコンチェルトを弾いて、オーケストラを引っ張っていけずにめちゃめちゃになるのを見たことがあります。明らかに、この曲を甘くみて練習不足だったのが分かり、怖い曲だと客席で震え上がったものです。

今なお、シューマンのコンチェルトで歴史に残る名演とされる、Lとヘルベルト・フォン・カラヤンとの録音。あのミケランジェリですら、自分のシューマンのコンチェルトの演奏に熱狂した客に「あなたたち、Lのを聴いたことがないでしょう」と言ったといいます。

しかし、L自身はあの演奏には不満があり、もう一度録り直したいと切望していたというのです――

コンスタンティンというのは、「L」の本名だったのです。

突然、僕は恐ろしくなりました。「彼」は僕の中でこのコンチェルトを弾こうとしている。もう一度と「彼」が生前望んでいたこの曲を。

僕は、「彼」の演奏でコンクールに優勝しました。

「彼」のシューマンは素晴らしかった。観客も審査員も感激していましたが、何より僕自身が感動していました。あんな体験は二度とできないでしょう。

そして、「彼」はその後も僕の中から去らなかったのです。どうしてこんなことになってしまったのか、なぜ僕だったのかは分かりませんけれども、一躍注目された僕には演奏会漬けの日々が待っていました。

「彼」は貪欲《どんよく》でした。元々レパートリーの多い人だったのですが、次々と新しい曲を手がけていきます。それも、細心に、謙虚に、じっくりと曲を読み込み、納得するまで人前では弾かない。

僕は「化けた」とみんなに言われました。上がり症は完全にどこかに行ってしまいました。正直、上がっているヒマなどなく、「彼」の精進についていくのが精一杯だったのです。なにしろ、他人から見たら「彼」は僕で、僕は音楽家の卵に過ぎません。僕の中でこれまでの空白を埋め、歳月を取り戻す「彼」の果てしない要求に応《こた》えていくのは大変でした。次々と入る演奏依頼を引き受けていたのは僕ではなく「彼」だったのです。僕はへとへとでしたが、「彼」が僕の中で感じている喜びは僕をも高揚させ、僕も寸暇を惜しんで勉強をしました。

「彼」の興味はとどまるところを知らず、CD、ネット配信、電子楽器といった新たな音楽技術にもなみなみならぬ関心を示しました。ロックに歌謡曲、ラップに民族音楽、すべてに興味津々《しんしん》で、なんでも聴きたがります。

やがて、「彼」は演奏旅行の合間を縫って作曲を始めました。

そもそも、「彼」のデビューは作曲家でした。コンサートピアニストよりもずっと前です。パソコン一台あれば作曲もアレンジもできてしまう技術に「彼」が興味を持たないほうがどうかしています。

アンコールなどで自作の曲を披露しているうちに、ぽつぽつと作曲の依頼が来るようになりました。もちろん、「彼」は大喜びで、作曲に打ち込みます。

特に、「彼」が強い関心を示したのは映画音楽でした。「彼」が亡《な》くなったのは一九五〇年ですが、その後の映画音楽の多様な発展が興味深かったようです。

後に、奇跡の五年間と言われた僕の演奏期間ですが、僕にとってもあのコンクール以来、熱に浮かされたような、不思議な五年間でした。

子供の頃から身体が弱く、成人してからも難病に冒され、じゅうぶんに演奏活動も作曲活動もできず、三十三歳という若さで世を去った「彼」が僕という丈夫な若い身体を手に入れて、すべての思いを晴らしていったかのような歳月でした。そして、子供の頃から「彼」をあがめていた僕にとっても本望でした。僕は「彼」と共に音楽家として素晴らしい体験をすることができたのです。

僕と「彼」の共通点といえば、手が大きいこと、愚直なまでに素直に練習すること。

人見知りなところと、人なつこいところが共存していること。

たぶん、僭越《せんえつ》ながら「彼」と僕が似ていると思ったから僕は「彼」に憧れたのかもしれないし、「彼」が僕のところにやってきたのかもしれない——

しかし、そんな幸福な日々も、いつしか終わりが近付いていました。

僕も「彼」も夢中のあまり、僕の肉体が悲鳴を上げていることに気付かなかった。

当時の僕は、ほとんど眠っていませんでした。「彼」と一緒にずっと興奮状態にあって、寝る間を惜しんで音源を聴き、練習をし、作曲をし、演奏ツアーをこなしていました。いわば二人分の人生を一人の肉体でこなしていたようなものです。ずっと異常な状態にいることに慣れてしまって、それがどんなに身体に負担をかけているのかも分かっていませんでした。

レコーディングと演奏活動が続いている九月のことでした。

ふと、パリの街角で、信号待ちをしている時に、どこからショパンのワルツが流れてきました。

静かな、優しいワルツ。

しばらく忘れていた、潮騒《しおさい》のような震えが背中を満たしたのに僕は動揺しました。

いや、動揺したのは「彼」だったのでしょうか。

懐《なつ》かしいメロディ。

胸を締め付けられる。この胸の痛み。

（ああ、そうだった）

「彼」の呟《つぶや》きを感じました。

僕も思い出していました。

あの最後のコンサート、ブザンソンで、力を振り絞り、人の助けを借りてやっとの思いで舞台に上がった最後のコンサート。

僕は約束した、僕は弾かなければならない――

その執念と責任感だけが「彼」を突き動かしていた。

もう自力では立ち上がることもできなかった、医者は怒った、けれど誰もが分かっていた、これが別れのコンサートになることを。妻は何も言わなかった、黙って夫を舞台に見送った、音楽家の夫をステージに送り出した。

観客も知っていた、皆が知っていた、ファンや音楽家たちがお金を出し合って高価な薬を彼のために買ってくれた、一日でも長く演奏ができるように。

九月のあの日、「彼」はなんとか舞台に立った、鍵盤を前にすると不思議としゃんとした、「彼」が舞台に立つことを聞きつけた多くのファンがやってきた、ホールに入りきれない人々が扉の外で耳をつけて最後の演奏をじっと聴いていた、もう指が上がらない、かつてコルトーが絶賛し、溜息《ためいき》の出るような完璧《かんぺき》なテクニックで天を翔《か》けるがごとく鍵盤の上を飛びまわっていた「彼」の指はもう回らない、それでも彼はショパンのワルツを弾いた、祈るように、囁《ささや》くように、あの美しいタッチで――

僕は、そのすぐあと、路上で倒れました。脳に大量の出血をしたのです。命は取りとめ、なんとか生活に不自由しない程度には回復しましたが、以前のようにはピアノを弾くことはかないませんでした。

長い入院生活とリハビリ生活から解放されて、ようやく自宅に戻ってくると、ピアノやパソコンはすっかり埃《ほこり》をかぶっていました。

僕はのろのろとピアノの前に座り、蓋《ふた》を開け、鍵盤をじっと見つめました。「彼」はじっと沈黙していましたが、まだ僕の中にいることが分かりました。もう、最後のほうになると、ほとんど「彼」と僕は一体化して、演奏しているのが「彼」なのか僕なのか分からなくなっていました。

「彼」と僕はじっと鍵盤を見つめていました。

もう、シューマンのコンチェルトを弾くことはできません。

(ありがとう)

「彼／僕」はそう呟きました。

僕は、ずいぶん久しぶりにアレを弾いてみました。

たどたどしい、「二人でお茶を」。

すると、もう一人分の音がしました。

なぜか二人分の「二人でお茶を」が鳴っていました。

ピアノのレッスンをつい最近始めたばかりのような、子供のような演奏で。


そして、「彼」はいなくなりました。

もしかすると、もう「彼」は僕になってしまったのかもしれません。あるいは、僕がもう「彼」を必要としなくなって、僕が作り出していた「彼」を消してしまったのかもしれません。

でも、「彼」がいなくなっても、僕は作曲家として活動を続けています。

少しずつ、映画音楽の仕事も増えてきました。

今度、念願の、メジャー映画の音楽を担当することになったんですよ。

きっと「彼」も喜んでくれると思います。もし今この時代に「彼」が生きていたら、絶対にやりたがっていた仕事でしょうから。

聖なる氾濫《はんらん》

「どうでしょう、何か見えまして?」

斜め向かい側に座った老婦人は、さっきからしきりに左の耳のピアスに触れていた。もしかすると、無意識のうちに出る癖なのかもしれない。冷静さを装《よそお》っているが、内心はそわそわし、何かを恐れているようだった。

「ほんの少し。漠然としたものですが」

私は苦笑しつつ、テーブルの上の写真に止まった蠅《はえ》を手で追い払った。

もう午後も深いというのに、川風は熱かった。乾いているようでもあり、湿っているようでもあり。

それは、不思議な写真だった。とても古い写真。モノクロ写真というよりも、茶色くなってしまっている。

水浸しだ。洪水らしい。黒っぽい水。古い街角の往来に小船で行き来する人々。そして、何より異様なのは、その奥に浮島のように巨大なピラミッドが聳《そび》えていることだった。

一見、合成写真か何かのトリックかと思ってしまうのだが、ダムができる以前のエジプトなのだと気付いた。教科書でのみ知っていた、ナイル河の氾濫である。遠くエチオピアの台地から削られて流されてきた土が、氾濫とともに大地を満たし、肥沃《ひよく》な農地を残して去っていく。

「その——どんなふうに見えるんですの？」

老婦人は、ためらいがちに聞いてきた。指はやはりピアスに触れている。

「写真を撮った現地に行かなければならないとは伺ってましたけど」

それは依頼者が皆、疑問に思うことらしかった。

「そうですね。見えるというよりは、浮かぶ、という感じでしょうか。写真に撮った人の思念が残っていて、そこに反応する。写真を撮った人と同化してしまう、というのはイメージできますか」

「写真を撮った人と同化してしまう」

老婦人は、一瞬息を呑《の》んだように見えた。

「——つまり父と」

「この写真はお父様が？」

「ええ。母と一緒に来たそうです」

来たそうです、という伝聞の表現に引っかかった。つまり父親は——

その瞬間、潮騒《しおさい》にも似たざわめきが私をふうっと包んだ。

来た。今年もまた、聖なる訪問者が。聖なる黒い氾濫が——

行き交う小船。麻袋を積み、子供たちを乗せ、運河と化した街角を思いがけぬ密度で交差し、滑るように去っていく。水面は黒い鏡のよう。あくまでも静かに、聖なる訪問者は豊穣《ほうじょう》の恵みを約束しつつ大地を覆《おお》っていく。人々の目には安堵《あんど》がある。今年もまた来てくれた。これでまた実りの季節を迎えられる。

そして、正面にはあのピラミッドが——私は船の中からカメラを向けていた。なんという不思議な眺めだろう。

ふと、何気なく視線を下げた私はアッと叫んでいた。

黒い水面に、さかさまのピラミッドが映っている。反転した黒いピラミッドが。

そういえば、ピラミッドの中にはさかさまの船が埋められているという話を聞いたことがあった。それは、蜃気楼《しんきろう》の多い砂漠ゆえのことで、蜃気楼でさかさまになったピラミッドから、船が天に向かって漕《こ》ぎ出せるようにしたのではないかという説だったと思う。

しかし、逆もあるのではないか。

氾濫し大地を覆うナイルに映る反転したピラミッドの中、さかさまの船は地下の黄泉《よみ》の国を行くためのものなのではないか。黒い黄泉の船は、ピラミッドより漕ぎ出でて、遠い死者の国へと向かっていく――

私はカメラを構え、さかさまのピラミッドを覗《のぞ》き込みながらも、胸に広がる絶望を抑えきれずにいる。

さっきまで妻と激しい罵《のの》りあいをして、ホテルを飛び出してきたことがわだかまっているのだ。全く家庭を顧みなかったことを責められ、妻は言ってはならないことを口にした。薄々感じていた、しかしあまりに恐ろしくて口にできなかった疑惑――あの子の父親はあなたではないのよ――

そう言わせたのは私だった。しかし、彼女はそれを言ってはならなかった。

カメラのシャッターを切った瞬間、胸に嫌な痛みを感じた。

心の痛みと、物理的な痛みと。

私は予感する。私はこの旅から帰れないだろう。客船で夜風に当たっていて、胸の痛みで船から落ちるかもしれない。あるいは、恐ろしい真実を口にさせた私を憎んでいる妻が夜風に当たろうと言い出すかもしれない――

私は、まざまざとその光景を見たような気がした。ナイルの水面の下で、反転した船の中に横たわり、遠い黄泉の国へと揺られていく私自身の姿を――

川べりのテーブルに戻ってきていた。

私は音もなく溜息《ためいき》をつく。

いつものように、それはほんの短い時間のことだった。老婦人はまだピアスに触れているし、不安を押し殺しながらそこに座っている。

「――お父様が亡《な》くなったのは事故です」

無意識のうちにそんなことを口に出していた。

老婦人はぎょっとしたように私を見る。目には狼狽《ろうばい》があった。

「あの、その。どうして父が」

「お父様はこの旅から戻ってこなかった。そうですね？」

沈黙が返事だった。

「お父様は、胸に持病があったようです。写真を撮った時も痛みが。近く大きな発作を起こすのではないかと予感してらした」

「本当に？」

老婦人はぽつんと呟《つぶや》いた。

「あなたはずっと長いこと、お母様を疑っていらした。さぞ苦しかったでしょう」

彼女は顔を覆った。

「先日、母は亡くなりました。私が疑っていることを母も知っていました。だけど、どうしても直接尋ねることができなかったんです。ああ、なんてむごいことを。娘に疑われていると思わせたまま逝《い》かせてしまったなんて。もう少し早くお願いしていれば」

涙が零《こぼ》れ落ち、彼女はまた耳のピアスに触れた。

翡翠《ひすい》のピアス。

私が見ていることに気付くと、彼女は儚《はかな》げな笑みを浮かべた。

「これ、母の形見なんです。エジプトに来た時に父に買ってもらったと」

「だいじょうぶ」

私は川面に目をやった。

川風は徐々に弱まっていた。

「お父様もお母様も、ちゃんと船に乗って帰っていきましたよ。誰もが帰るところに。ナイルにはちゃんとみんなの乗る船が用意されているんです」

「本当に?」

「本当に」

少しずつ、水面はオレンジがかった灰色に変わってゆく。

私たちは風に吹かれて、ゆっくりと私たちの姿がそのグラデーションに沈んでいくのに身を任せていた。

海の泡より生まれて

今日もエーゲ海上空はどこまでも高く、宇宙まで堕《お》ちていくような、恐ろしいような青一色に晴れあがっている。

大きな麦藁《むぎわら》帽子をかぶった女は、陶器の欠片《かけら》から土を払っていた手を休め、ホッとひと息つくと首に巻いたタオルで顔を拭《ふ》いた。そろそろお茶の時間だ。

エフェソスの遺跡群では、今日もゆるゆると発掘が進められている。一年中天気の悪い母国からこの国にやってきて七年近くになるが、それでもやはり毎朝目を覚ます度、海と空の色の明るさには驚かされるのだった。

女は立ち上がり、プレハブの休憩所に向かった。夏の炎天下の作業は休み休みでないと続けられない。ついでにいうと、昼間は熱くて甘い紅茶と決めている。英国人だからではなく、冷たいものを飲むと、たちまちバテてしまうからだ。

「やあ、アリス、調子はどうだい?」

「先生、いらしてたんですか」

休憩所に入ると、懇意にしているロンドン大学のテディ・ベアそっくりの教授がいた。学会のついでに寄ったのだという。女は、教授の後ろに影のように立っている青年が気になった。いや、青年に見えるけれど、見た目より年齢はいっているのかもしれない。アジア系？　いや、中東系だろうか？　無国籍な印象を受ける不思議な容姿である。

女の視線に気付いたのか、教授は「ああ」と頷《うなず》き、ひそひそ声で囁《ささや》いた。

「彼は僕の知り合いでね。特殊な才能があるんだ——ちょっと見てもらいたい写真があって」

お茶を飲むのも忘れて、女は青年の表情に惹《ひ》きつけられた。ふと、青年の左右の瞳《ひとみ》の色が少し違っていることに気付く。ごくまれに、そういう人がいるという話は聞いていたが、実際に見るのは初めてだった。

青年は、手にした写真をじっと見つめていた。好奇心を抑えきれず、女はそっと近寄って写真を覗《のぞ》き込む。

古ぼけた写真。かなり前のものではないだろうか。

正面に、巨大な白い壁と柱が見える。手前には点々と赤い花。

ケルスス図書館の前門だ。この写真がどうしたというのだろうか。

女が説明を求めているのを感じているのかいないのか、青年は写真を持ったままスッと外に出ていった。教授と女も慌《あわ》ててそのあとに続く。

風のない午後だ。

目に痛いような照り返しの中、青年は丘に向かった。観光客に混ざって、現物のケルスス図書館を見上げる。

一部しか姿をとどめてはいないが、壮麗で威厳に満ちた立派な前門である。

観光客の歓声が、壁に反射して周囲に響いている。

しかし、青年は首をかしげると、くるりと前門に背を向けてスタスタ歩き出した。二人も急いで続く。青年の足取りに迷いはない。

前門を遠く離れ、丘にのぼる青年のあとを、テディ・ベアと大きな麦藁帽子が不思議そうな顔でついていく。

丘の中腹まで来た。

青年は、とある箇所で足を止め、丘の麓《ふもと》の前門を振り返り、写真に目を凝らした。

「ここだ」

「え?」教授が耳を近づける。

「ここで撮ったんだ。撮りたかったのは、前門じゃなくて、花だ」

教授と女は、足元に群生している、赤いヒナゲシの花に目をやった。

「花。花だと?」

「そう――彼は、ここで閃《ひらめ》いた。主役は神殿や図書館ではなく、周囲に広がる恵みの大地そのものだと。むしろ、こちらが主役で、こちらを模して建物が造られたのだと」

青年の声は、低く滑らかで、直接頭の中に響いてくるような気がした。

彼の、不思議な色をした左右の瞳を見ていた女は、突然、身体《からだ》の中に遠いさざなみが押し寄せてくるような奇妙な感覚に襲われた。

まるで、誰かが考えたことを、誰かの身体の中に入って一緒に追体験しているかのような――その誰かの中で、女は興奮しつつ叫ぶ声を聞いた。

そう、色彩こそが生命なのだ。

生き物の中を流れる血潮、その鮮烈な紅。

アナトリアの大地に萌《も》えいずる、目にも鮮やかな花々。花が咲くことは、豊かな実りをも約束する。

神々が誕生したのは、このどこまでも明るく輝く海の褥《しとね》から。力強く泡だち、常に動きを止めない無尽蔵のエネルギーの中から美神たちが生まれてきた。

その、強靭《きょうじん》で美しい蒼《あお》。

色彩だ。自然界の色彩を模したところから文明が、文化が始まったのだ。建物は、紅に、蒼に染められていた。多くの色彩を身にまとうことで、豊かさへの祈りと脅威からの護符を得られたのだ。

色彩は、常に鮮やかに塗り重ねられ、更新されなければならない。色彩を失うことは、生命を失うことであり、衰退を、滅亡を意味することだったのだから——

女は、丘の麓に、極彩色に塗られた、けばけばしいともいえる凄《すさ》まじいまでに巨大な神殿を見たような気がした。

抜けるような空の下、赤に、青に、金色に、華麗に塗り上げられた彫像の群れ。

きらきらと輝く太陽光線の中に、くっきりとした輪郭が浮かび上がっている。

見ていることが恐ろしくなるような、圧倒的な色彩の饗宴《きょうえん》である。

やがて、目の前に、ひとつの巨大な女神像が現れた。

アルテミス――

女は心の中で呟《つぶや》いた。

牛の睾丸《こうがん》とも蜜蜂《みつばち》の卵とも言われる、球状のものをびっしりと身にまとった彫像は、グロテスクな美しさとあいまって、一目見たら決して忘れられない。

そのアルテミスの、かつての姿が眩《まばゆ》いばかりの輝きに満ちて、目の前にそびえていた。

やっぱり蜜蜂だったんだ。

アルテミスは、金色に塗られていた。そう、太古より人々は、あの美しい黄金色の蜂蜜、甘く栄養価に溢《あふ》れたあの金色の液体を、どれほどこよなく愛し、同時に魅了されてきたことか。

それが黄金色だったから、というのも大きな理由だったに違いない。他のどの色であっても蜂蜜は珍重されてきただろうが、それでもあのねっとりとした琥珀色《こはくいろ》に勝る色彩が他にあっただろうか——

ふと、頰に風を感じた。

気がつくと、教授と女は手を取り合って呆然《ぼうぜん》と丘に立っていた。

青年が、穏やかな表情でこちらを振り返っていた。

「写真、お返しします。親しい方だったんですね」

教授は、のろのろと写真を受け取った。

「二十年も前さ」

そっと表面を撫《な》でる。

「親友だったんだ——ピオンの丘でインスピレーションを貰《もら》ったよ、と喜んでいた。僕にこの写真を送ってくれた。なのに、帰り道、列車事故で」

三人で写真をじっと見つめる。

「そうか。花のほうだったのか」

手前に写っている、ぼやけた赤いヒナゲシ。

「戻りましょうか、先生。お茶の時間ですし」

女は大きな麦藁帽子をちょっとだけ上げて、開けた丘をぐるりと見回した。

紅。

丘の斜面全体が、赤い星ぼしを散らしたかのように、ヒナゲシに覆《おお》われていた。

茜《あかね》さす

新幹線を降りて、彼は初秋の京都駅に降り立った。

いにしえの都と聞いていたのに、駅はどこもぴかぴかでそんな気配は微《み》塵《じん》もなく、SF映画の中にいるようである。

あっけにとられ、しばらくのあいだ、ぼんやりと辺りの風景を見回していた。

彼は生まれて初めての「SATOGAERI」を体験しているのだった。

「SATOGAERI」と言っても、この国の地を踏むこと自体が初めてなので、この言葉の正しい使い方なのかは分らない。彼の曾祖父《そうそふ》——八分の一の血のルーツが、この国の奈良にあることを祖母から聞かされたのは、ずいぶん昔のことになる。

彼と対面した人は、必ず少し遅れて彼のことを振り返る。

お弁当とお茶を購入した売店の娘も、お釣りを渡した後で「あれ？」というように不思議そうな顔で彼のことを見た。人は、彼の左右の瞳《ひとみ》の色が違うことに、彼と対面した後で気付くらしい。

奈良行きの電車の座席に腰を下ろし、彼はジャケットのポケットからそっと一枚の写真を取り出す。

ずいぶんとまた古い写真だ。もう色が消えかかっていて、じっくり見ないと何が写っているのか分らないくらいだ。裏にも何も書かれておらず、知らない人が見たら捨ててしまいそうな代物《しろもの》である。

鬱蒼《うっそう》とした木々に覆《おお》われた、こんもりした丘が写っている。人工的なもののようで、周りは池に囲まれていた。その向こうに、うっすらと耕された土地が見える。

我が家に伝わる写真としか聞いていない。日本で最も古い道で撮ったものだと言われてきたそうだ。

彼は調べてみた。彼の特殊な能力のためか、知り合いには歴史や考古学の学者が多く、日本など東アジアを研究している学者もいた。

その結果、日本で最も古い道とされるのは、奈良にある「YAMANOBENOMICHI」というところだと判《わか》った。その学者は、その道の途中にある古墳のひとつだろうと言っていた。

いろいろな国を訪ねてきたが、日本に行くのは初めてだった。彼の八分の一のルーツのうち、彼が生業《なりわい》の助けとしているその特殊な能力を伝えた国であったのに。

今にしてみれば、なんとなく無意識のうちに行くことを避けてきたような気もする。先祖の地に降り立ち、おのれのルーツと対面することが怖かったのかもしれない。

乗り換えには手間取ったが、なんとか天理の駅にたどり着くことができた。

独特な巨大建造物の居並ぶ宗教都市天理の眺めは、ファンタジー映画を観《み》ているようでもの珍しかった。きょろきょろしながら法被《はっぴ》を着た信者たちのあいだを通り抜ける。

地図によると、舗装された広い道を越したところに石上《いそのかみ》神宮があり、そこから日本最古の道が始まるらしい。

そこまでは開けた都市だったのに、杉林の中に入ったとたん、時間が巻き戻されたかのような軽い眩暈《めまい》を覚えた。

この感覚自体は、彼にとっては慣れ親しんだものだ。あちこちの遺跡にも行ったし、古い時間が蘇《よみがえ》ってくるように感じるのは、彼の能力ではいつものこと。

しかし、ここは。

彼は、石上神宮の社殿を見上げ、境内を行き交う神官や、とさかを揺らして歩き回る鶏を信じがたい思いで眺めていた。

なんということだ。ここは、現代と繫《つな》がっている――古代が当たり前に現代に続いており、今も生き続けているのだ。

その感覚は、道を進むにつれてますます強まっていった。

ここは遺跡ではない。今も続いているし、今も生きている。

道端の素朴な地蔵群。ひっそりと佇《たたず》む鳥居。野菜や果物のお供え。

彼は、奇妙な懐《なつ》かしさが込み上げてくるのに戸惑っていた。

この景色。身体《からだ》のどこかで知っている。全身を流れる血の記憶のなかで眠っていたものが、今目を覚まそうとしている——

目にするものすべてが珍しいのと同時に懐かしく、彼は辺りの風景や空気を全身で吸い込もうと田畑の中の道を歩き続けた。

ふと、前方の開けた場所に、ボウルを伏せたようなこんもりした丘が幾つも見えてくる。

奈良では、木に覆われたボウル形の丘を見たら、みんな古墳だと思ったほうがいいと学者は言っていたっけ。

確かにどれも人工的なもののように見える。

午後の柔らかい陽射《ひざ》しの中で、遠くに見えるなだらかな山と、平地に並んだマウントが溶け合っている。

うねうねとした踏み固められた道を歩いていると、小さな子供にかえったような気がした。たまに軽トラックや自家用車が通りかかるが、ほとんど車にも人にも会わない。

小さな集落を抜け、突然、目の前にこんもりした黒い丘が現れた。

その丘を一目見て、彼は棒立ちになる。

これだ。ここに違いない。

彼は、ポケットの写真を取り出そうともしなかった。さんざん眺めた写真の丘はすっかり目に焼きついていたし、目の前に聳《そび》える丘は、ほとんど変わっていなかったからである。

潮が満ちるように、身体の中の血がざわざわと沸騰《ふっとう》するような心地になった。

いつものあの感覚が、ひときわ強く身体の中に寄せてくる。声が、無数の声が、血の中の記憶が声を上げる。

大陸では土地も広大だし、兵士もたんといるのだそうな——ひるがえってわがくには、山がちで耕すべき土地もそんなに多くはありません——

あんな大きな墓をつくるべきでしょうか——亡《な》くなってから何年もかけて、民からしぼりあげた租と、田畑を耕すべき民の労をつかって?

いらんだろう、そんなものは——先人を敬うのは大切だが、生きている者を苦しめるのはお門違いというものだ——大きな土地があったら田畑にすればよいし——

土に還《かえ》してくれればそれでよいでしょう——目印になる石で覆って——盛り上げて、木でも植えてもらおう——斜面はよく日に当たるから、香りのよい実のなる木にすれば、民のたつきの助けにもなろう——そうそう、濠《ほり》を周りに作るのはどうですか？　ため池にすれば、これも役に立ちましょう——

そうだな——我々は、わがくにの土となってわがくにを見守ろう——木の根となり、実となって、民の血となり、永遠に生きよう——

誰の声だろう？

私の声？　それとも私の祖先？　いや、この土に眠るすべての者たちの——

彼はずいぶん長いことそこに立ち尽くしていた。太陽が傾き、少しずつ空気が透き通って、柔らかな茜《あかね》いろの夕暮れが、こんもりとした静寂の丘を柔らかくぼかしていく秋の一日が暮れるまで。

私と踊って

壁の花という言葉がある。

そういう言葉があるというのを知ったのはずっと後になってからだが、その時の自分がまさにそうだった。いや、私は「花」ですらなく、壁に掛けたまま忘れられた複製画か置き物みたいだった。ただぼんやりと突っ立って、よそいきの服を着た少年少女が踊っているのを眺めていた。

パーティ会場は教会でも学校でもなく、古いホールというのか集会所というのか、妙に中途半端な印象を受ける場所だった。父の事業が失敗し、家族と逃げるようにその北の街に引っ越してきたばかりだった私にはまだ友人もなく、たぶん私の名前と存在を知っている者もほとんどなかったから、見知らぬ人間にダンスを申し込もうなどと思う奇矯な者はいないことは明らかだった。

そもそも私によそいきのドレスなどというものはなかったし、その時私が着ていたのは、唯一《ゆいいつ》、祖父の葬儀の時に作った黒いワンピースという辛気臭さだった。せめてコサージュやブローチを衿《えり》に飾るとか、あるいは髪にリボンや生花などをあしらうという少女らしい知恵もなく、母も父と一緒に生活基盤を立て直すのに奔走していたから、私にかまう余裕はなかった。当時の私はしょっちゅう風邪を引いたり熱を出したりしていたので、ワンピースを仕立てた時よりも痩《や》せており、ワンピースの肩が落ちてしまい、他人の服を借りてきたかのように似合っていなかった。

一応、生のバンドが入って退屈なワルツを演奏していた。素人《しろうと》楽団だったのか、あまり音程は合っておらず、演奏はいつ果てるともなく続いていた。

目の前で踊っているみんなは、まるで硝子《ガラス》越しに見ている風景のようで現実感がなく、私とみんなのあいだに透明な壁があって、完全に世界が隔てられているように感じた。

当時私が持っていた本以外の唯一の宝物に、白いオルゴールがあった。蓋《ふた》を開けると甲高い「乙女の祈り」が流れてきて、布で出来た男女の人形がくるくる回りながら踊るというものである。その人形と同じく、目の前でくるくる回る少年少女にも顔がないのだった。

不意に、視界の隅に一人の少女が入ってくるのが見えた。

不思議なことに、寒い時期だったはずなのに、私の記憶に残っている彼女は、とても軽装だった。夏服のような土の色をした薄い素材の服を着ていて、彼女だけ周りの風景から文字通り浮いているように見えた。靴を履いていた記憶すらない。

彼女を初めて見た時の印象を、うまく言えない。

なんというのだろう、野性が入ってきた、というか、「戸外」とか「外側」がやってきた、という感じだったのだ。彼女は、くるくる回る布人形みたいな「その他の人たち」とはあまりにも異なっていた。

年譜によれば、その頃もう彼女は本格的に指導を受けて踊り始めていたはずだから、なぜあんな集まりに顔を出していたのかも今となっては分からない。

しかし、彼女を目にした時のあの強烈な感じ、何か「正しいもの」が入ってきたという感じは、今も私の中のどこかに強く残っている。

彼女を吸い寄せられるように見つめていると、彼女のほうでも部屋の中を見回していた。何かを探しているみたいにゆっくりと部屋の中の人々を眺めていたが、つ、と私のほうを見たのである。

私と目が合った時、ばちんと音がしたような気がした。人の視線がぶつかった時は、本当に音がするのだ。

彼女は小さく頷《うなず》いた。何かに納得したような表情をしたのだ。

そして、彼女はすーっと私の前にやってきた。本当に、ほんのちょっと宙に浮かんでいるみたいに、音もなく一直線に近付いてきたのだ。

私はびっくりした。そんなふうに誰かが動くのを見たのは初めてだった。飛んできた、という言葉が浮かんだ。もしかして、私だけに見えている幽霊なのかと思ったほどだ。

すぐ近くに彼女の顔がある。彼女の目は、不思議な色をしていて、見つめられるとなぜか恥ずかしくなった。

彼女はひとこと、私に言った。

私と踊って。

私はあっけに取られた。一瞬、何を言われたのか分からなかったくらいだ。

後にも先にも、あんなふうにきっぱりと誰かに踊ることを申し込まれたことはなかった。そもそも、自分が踊れるなどと思ったこともなかったのだ。

馬鹿《ばか》みたいに彼女の顔を見ていると、彼女は「早く、早く」と私の手を引いて駆け出した。私の手を引く彼女の手は思いがけなく力強く、揺るぎない信念のようなものが彼女の手を通して私の中に流れ込んできた。

私たちは人いきれのする部屋から、がらんとした廊下に出た。

彼女は私の手を引いて、人気のない、薄暗い通路をずんずん進んでいく。

ここがいいわ。ここに射《さ》し込む光が好き。さあ、踊りましょう。

そこは、裏口に近い、肌寒い廊下だった。壁の下半分が窓になっていて、そこから冬の弱い陽射しが奥まで射し込んでいる。

今なら、彼女がそこで踊りたがったのも分かるような気がする。壁の下半分から射し込む光は、廊下に長い矩形《くけい》の、光のステージを作っていたからだ。後年の彼女のステージに、床下から淡い光を放っているものがあって、この時のことを思い出した。ほんの一瞬その光に見とれていたけれど、私は用心深く、口ごもりながら言った。

こんなのおかしいわ。

何が？

彼女が不思議そうに私を見る。私はもじもじした。

だって、ダンスは男の人と女の人がするものでしょ。あたしたち二人でなんて、おかしいよ。

あら、そうかしら。女の子どうしで踊っちゃ駄目？　ひとりも駄目？

彼女は歌うように呟《つぶや》き、唐突に踊り始めた。

踊っているのだということも最初は気付かないくらいの、自然な動きから始まった。子供が無邪気に飛び跳ねているかのような、ジャンプ、ジャンプ、ジャンプ。回っては止め、足を上げては止まる。宙にさまざまなポーズが連続写真のように焼き付けられていく。

力を抜いて、だらりとうなだれては、また伸び上がってジャンプ。

それは、音楽を見ているようだった。彼女の肩に、膝下《ひざした》の足のラインに、伸びた指先にメロディが聞こえ、冬の廊下をいっぱいに満たした。

今でも覚えているのは、この世には、こんなにも恐ろしい肉体のスピードを持った人間がいるのだ、と思ったことだ。

彼女の影響もあってか、長じてさまざまな舞踊を見た。数十年に一人の逸材というバレエダンサーや、既に伝説化しているダンサー、名バレエ団のプリンシパル。

逸材と言われるダンサーは例外なく、生来持っている肉体の速度が図抜けていた。彼らはそこに立っているだけで、ほんの数歩歩いてみせるだけでも「速」かった。彼らの肉体のスピードを見ていると、他のダンサーの動きがとんでもなく遅れて見える。その癖、ポーズのひとつひとつはストップモーションのように目に焼き付く。この上なく速く踊っていても、表情や決めのポーズがぶれることはない。恐らく、速く踊っているという意識すらないのだろう。あくまでその踊りが必要とするものを表現しているだけなのだ。

普段でも、たとえじっとしてお茶を飲んでいる時でも、身体《からだ》の奥で音が鳴り、動いているのが分かる。彼らは常に、静止していても魂は踊り続けているのだ。

私と踊って。

いつのまにか、私は彼女と手を繫《つな》いで廊下を走り回っていた。歓声を上げて一緒に光の中で飛び跳ねる。

二人の少女のジャンプ、ジャンプ、ジャンプ。

腕をだらんとさせ、腰を落として、オランウータンのように歩く。

いないいないばあをして舌を突き出す。

あんなに身体が軽く感じたことはなく、私はこの上なく解放されていた。歓《よろこ》びを感じ、音楽が聞こえた。私があんなふうに踊れたのは、もちろんあの時だけだ。

どうしてあの時、私を誘ったの？

学生時代、彼女にそう聞いてみたことがある。

その頃の彼女はもう、新進気鋭のダンサーでありコリオグラファーだった。その名は欧米で話題となり、客演依頼は引きも切らず、映画へのカメオ出演も決まっていた。

あの時？

彼女は化粧っ気のない顔で、不思議な色の目で振り向いた。

ほら、一度だけ一緒に踊ったことがあったでしょ――冬だったわ。がらんとした廊下だった。あの建物、何だったのかしら？　あなたが「壁の花」だったあたしを連れ出してくれたのよ。初対面だったのに、まっすぐあたしのところに来てくれた。

ああ、と彼女は煙草《たばこ》を潰《つぶ》しながら言った。終生、彼女はスモーカーだった。

あれって、夢じゃなかったのね。

え？　私は思わず聞き返した。

子供の頃から何度も夢を見たわ。踊ってくれるパートナーを探してる夢。長い廊下を歩いていて、順番に扉を開けていくの。中はパーティで、蠅《はえ》が止まりそうにのんびりしたワルツが流れていて、みんながそれぞれのパートナーと踊っている。だけど、私の相手は見つからない。そんな夢よ。

彼女はじっと宙を見つめていた。

冬のカフェだった。なぜか彼女との記憶は冬ばかりだ。

そうしたら、夢の中で一度だけ、一緒に踊ってくれた女の子がいたの。黒い服を着て、壁のところに立ってたわ。ああ、あの子なら私と踊ってくれる。そう確信して、一緒に踊ったの。夢じゃなかったのね。

彼女がそう繰り返すと、私のほうまでなんとなくあれが夢だったような気がしてきた。もしかすると、彼女の夢の話を何度か聞かされているうちに、私の中に記憶として刷り込まれていったのではなかったか？

しかし、長く友人であったとはいえ、彼女とは数えるほどしか会っていないのだ。その時以外に、あの時のことを話題にしたことはない。

文字通り世界を駆け巡る彼女には比べるべくもないが、私も学生新聞の記者としての活動を始めていたし、そのうちにOBの紹介で中央紙でアルバイトをすることになり、何年か続けた後でなし崩し的に就職してしまった私と、彼女のスケジュールが合うことはめったになかった。

あの時あなた、こんなのおかしいわって言ったわ。

彼女が思い出したように言った。

ダンスは男の人と女の人がするものよ、って言った。あたし、そうかしらって答えたのよね。女の子どうしじゃ駄目なのって。

新しい煙草に火を点《つ》ける。

あとで考えたの。確かに、ダンスの申し込みは昔から求愛の意味だったし、一緒に踊るのはつがいになった証拠。動物だって、鳥だって、派手な容姿で求愛のダンスを踊るのはオスのほう。でも、あたしは踊って見せてくれるのを見ているなんていや。申し込まれるのをじっと待っているなんていや。踊りたい時は、いつでも踊りたい。あなただったら、この世にたった一人きりでも踊るんでしょうね。

何気なくそう言った私を、彼女は珍しくきつい目で振り向いた。

そうかしら。

そうじゃないの？

どうだろう。やっぱり、誰か、必ず見ていてくれる人がいると思いたいわ。

あなたなら、いくらでもいるじゃないの。

大物映画監督が彼女のドキュメンタリーを撮るという噂《うわさ》も聞いていた。

そうかな。どうだろう。

彼女はそう言って首をかしげ、小さく笑った。

数年後、彼女が古典的なバレエ音楽をテーマに衝撃的な問題作をひっさげて現れ、ダンス界にセンセーションを巻き起こし、コリオグラファーとしての名声を確立した時、招待されて観《み》に行った私は、この時の彼女の台詞《せりふ》を思い浮かべた。

踊って見せてくれるのを見ているなんていや、申し込まれるのをじっと待っているなんていや。息苦しくなるほど、舞台の動きのすべてから、そう叫ぶ彼女の声が聞こえてきたのだ。

拒絶反応と批判も凄《すさ》まじかったが、熱狂的に支持する者も多くいた。高名な批評家が彼女を擁護し、評価した。

私も記者のはしくれとして、劇評のコーナーを持っていた。自分で言うのもなんだけれど、徐々に認められてきていたし、よその雑誌からもコラムを書かないかと言われていた。しかし、どうしても彼女の舞台について書くことはできなかった。

私と踊って。

あたしの舞台のレビュウは書いてくれないのね、と冗談めかして彼女が言ったことがあった。寒い晩秋の夜、パリの公衆電話から彼女は電話してきてくれていた。彼女の後ろに、喧噪《けんそう》と雨の音がＢＧＭのように響いていた。

書きにくいのよ、と私は答えた。

あまりにいろいろなことが頭に浮かんで、文章にならないの。書ききれない。とてもじゃないけど、紙面に収まりきらないわ。なぜだか客観的になれなくて。そもそも、冷静に舞台を観られないんだもの。

私は正直に打ち明けた。

そういうものかもしれないわね。

彼女の声は、なんとなく嬉《うれ》しそうだった。

そう、私はついに一度も彼女の舞台について書くことはなかった。何度か書こうとしたのだが、必ず失敗した。その後発表された彼女のどの作品を観ても、私は冷静になれなかった。

女であることの哀《かな》しみ。女であることの怒り。人間という動物の哀しさ、滑稽《こっけい》さ、やるせなさ。時に暴力的で残酷、時にロマンチックな共犯者、時に傲慢《ごうまん》で虚栄に満ち、しかし逃れることのできない男女という関係。

そんな言葉が頭を駆け巡るのに、それを文章にしようとすると、この上なく陳腐で欺瞞《ぎまん》に満ちたものに思えて、しまいには吐き気を催すほどだった。

生々しく刹那《せつな》的なものを感じるいっぽうで、彼女の舞台は寓話《ぐうわ》的で静謐《せいひつ》さに溢《あふ》れていた。

そして、何より、美しかった。

一見無秩序のように見える群舞、苦しんでいるかのように見えるグロテスクな動き、本来エレガントとされる動きから程遠い動作のひとつひとつが、観ている観客の中に降り積もり、やがて感情の喫水線を超えて溢れ出す。

きれいは汚い、汚いはきれい、の言葉通りの光景が目の前に繰り広げられる。ダンサーという職業の幸福と不幸、歓喜と絶望が反転し、輝いたかと思えば闇《やみ》に沈む。彼女自身が舞台に登場しなくても、いつも彼女の存在を感じた。舞台で踊る男女の影絵や分身となって、無数の彼女が舞台の上にいるようだった。

気が付くと、私も舞台にいた。いつのまにか舞台の上で、かつて彼女に出会った少女になって、彼女と会話を交わしているのだった。奇妙なことに、彼女はかつての少女に戻っているのに、私は成長した今のまま。

暗い舞台の上で、みんなが踊っている。白い衣装を着けた、十数人の男女が入り混じって踊っている。激しい動きなのに、全く音がしない。サイレント映画のように、動きしか見えない。祝祭のようにも、暴動のようにも見える。

ダンサーの幸福は、踊れるってことね。

彼女はポーズを取りながら言った。

ダンサーの不幸は？

私が尋ねる。ごろごろと床を転がる男女のあいだを、苦労して通り抜ける。

踊れなくなるってことね。

彼女は小さくジャンプした。

私なんか最初から踊れないわ。あなたと踊ったあの時だけ。身体は重くなるばかり。ジャンプだってここしばらくしたことがない。私にダンスを申し込んでくれたのはあなただけだわ。

あら、でも、あなたはちゃんと踊ってくれる相手を見つけたでしょ。

彼女が睨《にら》みつけるようにする。私は肩をすくめた。

結婚はしたけど、彼とダンスを踊ったことなんか一度もないわ。

私は周囲を見回した。恍惚《こうこつ》としているようにも見えるし、虚無的にも見える男女の表情が目に入る。

ダンサーの孤独は？

私はそう尋ねていた。

こんなに舞台は広くて、こんなに心もとないのね。ここに立って踊るなんて、ものすごく孤独だわ。

思わず、両腕をさすっていた。ライトが眩《まぶ》しいのに、肌寒さを覚えたのだ。

彼女は少し考える顔つきになった。

そうね、孤独だわ。けれど、独りじゃないわ。
矛盾してない？
聞き返すと、彼女はくるりと回ってみせた。
ほらね、回っているのは私。だけど、回しているのは私じゃないの。
禅問答ね。
私が鼻を鳴らすと、彼女は笑った。
でも、ほんとなんだもの。
基本のアラベスク。美しいダンサーはきちんと静止することができる。
なんであの時私を誘ってくれたの？
そのことばかり聞くのね。
ポーズを崩さずに答える彼女。私は口ごもる。
嬉しかったの——不思議だったの。
私も嬉しかったわ——この子がきっと私を見ていてくれるって思ったの。
私は何も書いてないわ。きっと、これからもあなたのレビュウは書けないと思う。
いいのよ、見ていてくれてることは分かってるから。
いつしか私は客席に戻っていて、万雷の拍手を浴びせる観客の中にいる。

新聞社を辞めた年、初めての本が出版されることになり、ささやかな集まりを開いた時も、彼女は日本公演に行っていて不在だった。けれど、花束が届いた。カードを探す——小さな、銀色のカード。

「いつも見ているわ。いつも見ていてね」

彼女が、高校生たちにダンスを教えている映像を見たことがある。煙草を吸いながら、彼女は高校生たちが活《い》き活《い》きと踊る姿を、穏やかな笑みを浮かべて見つめていた。忙しい彼女は、なかなか直接指導する時間がない。それでも、彼女が現れただけで現場の雰囲気がガラリと変わり、子供たちの目が輝く。そこに彼女がいるというだけで、特別な空気が流れる。

彼女はどんな時も決して声を荒らげることがない。いつも冷静で、明晰《めいせき》で、ほんの少し宙に浮いている。

彼女の不思議な色の瞳《ひとみ》は、ただひたすらに、遠くを見据えている——瞳の中で、彼女はいつも踊り続け——踊り続けて——たったひとりで時代を走り抜け、その肉体のスピードと共に走り去ってしまった。

私と踊って。

そう、彼女から最後の電話を受けたのはほんの一週間前だ。後から、それが告知を受けた日だと知った。

けれど、携帯電話から流れてくる彼女の声は明るかった。

「そっちの天気はどう？　来週からまたツアーなの。アメリカは煙草が吸えないからつらいわ。今度また私と——」

彼女は一息に留守番電話に吹き込んでいた。移動中だったらしく、最後のほうは声が切れてしまっている。

私はオーストラリアに取材に出かけていて、彼女の留守電のみならず、訃報《ふほう》を聞くのも遅れた。告知を受けたあと、一週間も経《た》たずに亡《な》くなったと聞かされて愕然《がくぜん》とした。

大きなお別れ会とは別に、彼女の郷里で告別式をやると聞き、出かけていった。

その日も、やはり冬だった。風はなかったが、地の底からしんしんと冷えてくる。陽射しだけは、高く澄んだ空から降り注ぎ、穏やかで暖かかった。

たった今告別式に出たばかりなのに、なんだかそのことが嘘《うそ》のような気がした。今も彼女はツアーに出かけていて、また電話が掛かってきそうに思えるのだ。

懐《なつ》かしい北の街。両親は私が大学に入るのと同時に再び引っ越しし、今は誰も係累《けいるい》がいない。

子供の頃の記憶を頼りにぶらぶらと歩いていると、なんとなく足が止まった。

古色蒼然《そうぜん》とした、コンクリート造りの大きな建物。見覚えがある。

建物の周りには、何台かのトラックが横付けされていて、中から古ぼけた什器《じゅうき》が運び出されていた。

青いジャンパーを着た男が、作業員に指示を出している。

「あのう、すみません。ここ、何ですか」

男に尋ねると、「取り壊すんですよ。再開発計画でね」と気安く話してくれた。

「元は製糸工場でね。いっとき公民館に転用して使ってたんだけど、漏電がひどくて、先日小火《ぼや》を出したんだ。そのままにしとくと危ないってことになってね」

製糸工場。そうだったのか。あの中途半端な印象は、正しかったのだ。

恐る恐る申し出た。

「ええと、私、子供の頃、ここが公民館だった時に来たことがあるんです。久しぶりに来て、懐かしくて。ちょっとだけ中を見せてもらってもいいですか？」

気のいい男は、あっさりと承知してくれた。

「ああ、いいよ。もうほとんど運び出しは済んでるから、本当に少しだけなら」

「ありがとうございます」

てきぱきと作業する男たちを横目に、私はするりと中に入り込んだ。

ひんやりとして、薄暗い。高い天井は、黒く煤《すす》けている。

元々は白い壁だったのだろうが、すっかり灰色になり、床も黒ずんでいた。

いちばん広いホールを覗《のぞ》き込む。たぶんここでパーティが開かれていたのだと思うが、子供の頃の印象に比べてあまりにこぢんまりとしているのに面喰らった。

錆《さ》びた窓枠。汚れ放題の窓ガラス。

歳月の痕跡《こんせき》が、そこここに刻まれている。

私はゆっくりと廊下を進んだ。コツコツと、足音がやけに響く。

そして、その場所は今もあった。

壁の下半分の窓から、冬の陽射しが奥まで差し込んでいる。

とても長い矩形の、光のステージ。

その中にそっと足を踏み入れると、じわりと足が暖かくなった。

少女たちの歓声が聞こえる。

振り向くと、向こうから、ホールを飛び出し、手を繋いだ二人の少女が駆けてきた。

黒いワンピースの少女と、土の色をした軽装の女の子。

私は彼女の名を思わず叫んだ。

そうなのだ、彼女はずっと探していたのだ。時代を駆け抜ける自分に伴走するパートナー。自分の存在を認識してくれている誰か。この世の終わりに踊る時も自分を見ている誰かを。

少女たちが、光のステージに飛び込んでくる。

手を繋いで、ジャンプ、ジャンプ、ジャンプ。

二人は私をじっと見つめ、口を揃《そろ》えてこういう。

私と踊って。

ええ、喜んで。

私は二人に向かって大きく頷く。

あとがき

ノンシリーズの短編集は『図書室の海』（二〇〇二年）と『朝日のようにさわやかに』（二〇〇七年）以来。またしても五年経《た》ってしまった。ようやく三冊目をまとめられて、しみじみ、本当に嬉《うれ》しい。今回もまたそれぞれの短編について、作者の心覚えを書いておく。

（ネタバレの部分もあるので、ぜひとも本編読了後に読んでいただくことをお勧めします。特に「心変わり」と「思い違い」は危険です）

「心変わり」

他人の机や書斎、仕事場を見るのはその人の脳味噌《のうみそ》を覗《のぞ》くようでとても面白い。そういう本が数多く出されているのも頷《うなず》ける。机周りからその人について推理する、というのを一度やってみたくてこれを書いた。実は、これは私の見た光景が元になっている。うちの窓から首都高が見えるのだが、ある日クレーンか何かが引っ掛けて防音壁が大きくT字形に破損してしまった。しばらくのあいだ、その壊れたところから見たことのない景色が見えていたのだが、深夜に工事があって、翌朝には綺麗《きれい》に修復され、また見えなくなってしまったのだ。

「**骰子《さいころ》の七の目**」

当初は、ゆくゆくは「プロパガンダ・シリーズ」という「誰かが誰かに（何かを）宣伝する」ことをテーマに、連作にすることを考えて書いたのだけれど、後が浮かばず今のところ続いていない。

「**忠告**」

星新一のトリビュート企画で書いたものの、子供の頃どこかで読んだ短編を無意識のうちにパクってしまったのではないかという疑惑が払拭《ふっしょく》できず、SF短編集（創元SF文庫『年刊日本SF傑作選　虚構機関』二〇〇八年刊）に収録された時にあとがきでそう書いたら、フィリップ・K・ディックのある短編がそうではないかという読者からの手紙が来た。しかし、私はその短編は読んでいなかったのである。今のところ他には指摘がないのだが、未《いま》だに不安なので、引き続き何かありましたらよろしくお願いいたします。

「**弁明**」

これは、『中庭の出来事』で山本周五郎賞をいただいた時に受賞記念で書いたもの。

『中庭の出来事』に出てくるあるエピソードの裏話である。

「少女界曼荼羅《まんだら》」

レイ・ブラッドベリに「びっくり箱」という短編がある。ああいうのをもっとグロテスクに、もっと長いものでやってみたいと思っていて、そのために用意していたタイトルが実は「少女界曼荼羅」だった。プロトタイプとして書いてみたのがこれ。

「協力」

読んでお分かりのとおり、「忠告」と対になるショート・ショート。犬を書いたらやはり猫も書かないと。

「思い違い」

これは「心変わり」と対になる短編である。というか、もともとこちらが「心変わり」となるはずの短編であった。それがうまくいかず書き直して今回収録した「心変わり」になったが、書きかけなのが気になっていて、いわば変奏曲として書き上げたのがこちらである。これもまた、たまに行くコーヒーショップの窓から電話工事をしているところを見たことと、夢の中で聞いた会話が元になっている。冒頭の女性二人の会話がそうで、「なんだろうこの会話。あの女の子、どうしてあんなに驚いてるんだろう」と思って起きて書きとめておいたのがここで繋《つな》がったのだった。ハリイ・ケメルマンの「九マイルは遠すぎる」をやってみたかったというのもある。

「**台北小夜曲**」

台北という街は、どこもかしこも懐《なつ》かしく、歩いていると前世か何かの記憶に飲み込まれそうになる。昨年、台北を再訪した時の体験を基に書いた。登場する映画監督のモデルはエドワード・ヤンである。台北の街だけで一本長編を書いてみたい。

「**理由**」

児童文学誌に書いたもの。今読み返してみると、落語の不条理モノ（「頭山」とか）みたいだ。

「**火星の運河**」

昨年、初めて台南に行った。こちらも緑濃く懐かしい町並みで、ないはずの子供の頃の記憶が押し寄せてきて混乱した。「台北小夜曲」と対になっている。

「**死者の季節**」

怪談特集で書いたものだが、この内容はほぼ実話である。私の最初で最後の実録怪談になりそうだ。それにしても、一九八四年の早稲田祭で手相を観《み》ていた占い研究会の貴女《あなた》。今はどこで何をしておられるんでしょうか。今も手相を観てますか？

「**劇場を出て**」

映画版『夜のピクニック』で主人公の甲田貴子を演じ、今やドラマに舞台にと活躍の場を着々と広げておられる多部未華子さんの写真集のために書いたもの。

「二人でお茶を」

スタンダード・ナンバーをタイトルに使った短編という断続的かつ個人的に続けている企画を今回も、ということで書き下ろした。生きていれば二十世紀最高級のピアニストになったであろうに、難病のためわずか三十三歳で夭逝《ようせい》した敬愛するディヌ・リパッティ様に、思う存分ピアノを弾いていただきたかったというかなわぬ願いで書いた話である。

「聖なる氾濫《はんらん》」「海の泡より生まれて」「茜《あかね》さす」

今年、NHKスペシャルで『知られざる大英博物館』というシリーズが放映された。それに併せて作られた三冊の本のために書いた連作である。大英博物館は収蔵品のうち展示されているのは一パーセントに過ぎず、残り九十九パーセントは倉庫の中なのだそうだ。その中から歴史に新たな視点をもたらしてくれそうなものをテーマに「古代エジプト編」「古代ギリシャ編」「日本編」にまとめた番組と本で、それぞれの内容に即して書いたつもりである。私の短編はともかく、特に「日本編」に出てくる、日本の古代古墳を掘ったガウランドのコレクションはたいへん貴重な凄《すご》いコレクションなので、歴史好きの方はぜひご一読いただくか、NHKのアーカイヴで番組を見てみてください。

「私と踊って」

ダンスをテーマにした短編を一度ぜひ書いてみたいと思っていた時に、ピナ・バウシュの訃報《ふほう》を聞いた。ピナが踊っているところは見たことがなかったが、ヴッパタール舞踊団の演目は幾つか見たことがあった。彼女をモチーフに書こうと思い、彼女の演目のひとつからタイトルを貰《もら》った。あくまで架空の話であるが、自分で書いたにしては珍しく、とても気に入っている短編である。

「東京の日記」

なぜ横書きかというと、リチャード・ブローティガンの孫が書いた日記という設定だからである。ブローティガンの『東京日記』と内田百閒《ひゃっけん》の「東京日記」が下敷きになっている。同じく「東京日記」というタイトルにするかどうかでさんざん迷った挙句「の」を入れた。「の」という平仮名は日本語を習い始めた外国人が興味深くキュートに感じる文字だそうだ（漢字文化圏の人でもそうらしい）。

話は変わって、ずっと餡《あん》こが苦手だったのに、四十を過ぎた頃からおいしく感じるようになり、最近は自分で買って食べるまでになった。和菓子そのものにも興味を感じていろいろ由来を調べてみると、地理や歴史と密接に結びついていて実に面白く、何かに使いたいと思っていたところ久々にSF短編をという依頼が。

というわけで、東京と和菓子と戒厳令というネタで三題噺《ばなし》みたいに出来上がったのがこれ。書いたのは二〇一〇年の夏だが、今読むとシャレにならない内容で読み返して冷や汗を掻《か》いたほどだ。どうかこんなことにはなりませんように。

日本ファンタジーノベル大賞に応募した私の小説を最初に読んだ編集者であった大森望さんに初めてプロとして原稿を渡した記念すべき（？）短編だったが、途中でパソコンが絶命したり、例によって原稿が遅れに遅れ、いやはや申し訳ありませんでした。


「交信」

これは、「八百字の宇宙」という「小説新潮」の特集のために書いたもの。小惑星探査機はやぶさの帰還を記念して書きました。どこに載っているかって？　いちばん後ろをご覧ください。

二〇一二年十月

恩田　陸

「東京の日記」は左開きです。
三八頁先からお楽しみ下さい。

東京の日記

2月某日　晴れ
東京のトラムはクッキーの缶に似ている。

カナコが何度かお土産に持ってきてくれた青山の洋菓子店の青い缶と、色といい、質感といい、そっくりだ。

窓の上に金色の線が走っているところがちょうど蓋《ふた》をかぶせたようで、上からつかめばパカッと外れそうな気がするし、線の上にビニールテープが貼《は》ってあるのではないかと無意識に探してしまう。そのせいか、車内の優先席の白いクッションの膨らみが乾燥剤に見えてくる。子供の頃から美しいお菓子の箱や缶が捨てられなかった私は、このトラムもクローゼットの中のコレクションに加えたいという欲望を感じてしまう。

今日トラム（青都電、という）に乗っていたら、日比谷の交差点で止まってしまった。私が乗ると交通機関が止まるというジンクスはここ東京でも健在らしい。もっとも、隣にいた老婦人は今週3回目だ、と話していたから私のせいというわけでもないのだろう。

初めて「キャタピラー」を見た。噂《うわさ》には聞いていたが、本当に巨大な幼虫のようで、のろのろとしか進まない上にとても長いので、通過するのにとても時間が掛かって

どの車も交差点で立ち往生している。先頭車両は運転席のガラスに濃い色が入っていて、運転手が見えないようになっている。後ろにえんえんと続くカマボコ型の白い貨車の部分は何でできているのか分からないけれど、内側にぼんやりオレンジやグリーンの光が点滅しているのが見えて、まるでキャタピラーが生きていて、生命活動が行われているように見えた。

東京の運転手も乗客も実に辛抱強く、キャタピラーの通過をずっと待っている。

爆発物を探しているのだとも、何かの妨害電波を出しているのだとも言われているが、誰もその用途を知らない。年が明けてから、都内を常時100台近く走っているのだそうだ。

写真を撮りたかったけれど、キャタピラーの写真を撮るのはよくないとカナコに聞かされていたし、デジカメを持っていなかったのでやめる。次に見られるのはいつだろうか。

2月某日　晴れ時々曇り

日本は創業100年を超える個人商店が多いと聞いていたが、和菓子はそれが最も多い業種だ。

近所にある店もそうで、創業が1850年代というから驚く。そんな話をしたら、編集者マユミの出身地である京都には200年、300年と続く和菓子店も珍しくなく、

15世紀から続いている店まであるという。開拓者が先住民族と戦っていた時も、メイフラワー号が着いた時も、京都ではずっとアズキをこねていたのだと思うと、時間の流れというのは全く一律的ではないと思う。前から大福や団子などが好きだったが、季節ごとに変わる宝石のようなデザイン、和紙のパッケージ、箱の上に綺麗《きれい》な組《くみ》紐《ひも》で押えてある包み紙に夢中だ。そう公言していたら、日本の友人や編集者たち、日本に長い本国の友人らがいろいろ持ってきてくれる。見た目はシナモンのようだが味は異なるキナコや、半透明で不思議な歯ごたえのあるギュウヒも好きになった。見ていると飽きなくて、とてもじゃないがどの箱も、紙も、たまに入っているクロモジも捨てられない。東京のクローゼットにも菓子箱や包み紙が溜《た》まり始めて、カナコがあきれている。

東京の町は、見た目は10年前に来た時と変わっていない。もちろん、変化のスピードの速い都市だから、いろいろ建物は変わっているだろうが、今回私が来た時点であの災害の爪跡《つめあと》はほとんど見当たらなくなっていた。被害の大きかった下町や新宿以北の古い住宅街に行っていないせいかもしれない。わざわざ見に行こうとは思わないし、たぶんそんなものを見たくないので、無意識のうちに見ないふりをしているのだろう。

2月某日　曇り、みぞれ少し

東京に来て、まず最初にしたのは日本製のノートを買うことだった。黒い紙テープを背表紙に貼ったノート。祖父と同じように日本製のノートにこの手記を付けることにする。

同じようにしてみたかったというのもあるが、ノートに手で書くというのがいちばん安全だと複数のアドバイスを受けたからだった。

一時は手紙が復活したんだけどね、とカナコも言っていた。封筒に入った手紙。手書きがいちばん秘密を守れるから。端末を使うことイコール、端末に打ち込んだ内容が全て読まれていると思って間違いないというのだ。東京に来る前にも、友人らに似たようなことを言われたが、あまり深く考えていなかった。

表紙に日本語で「東京の日記」と書いてみる。「の」は見た目もなんとなくキュートで使い方も真っ先に覚えた。目玉にも見えるし、豆が根を出しているようにも見えて、何度も繰り返し書いてみると右下のところが一本足のスプリングになって、ぴょんぴょん飛んでいきそうだ。漢字文化の台北から来た友人も、平仮名は興味深いらしく、やはり台北でも「の」は人気だそうで、店の看板などに使うことが多いという。

2月某日　晴れ

日本では、日記に天候を書くのが古くからの習慣らしい。

その日の天候についての話題が挨拶《あいさつ》代わりというのもそのせいだろうか。もちろん、私もその習慣にならうことにしている。

日本では、ひどい災害の時だけ気象庁が名前を付ける。台風はあまりに発生する数が多いので番号制だが、政府が援助し保険適用させなければならないような場合だけ名前が付くのである。地名やその日付が名前に入ることが多い。今世紀に入ってからは、温暖化のせいか都市周辺での集中豪雨（ゲリラ豪雨と呼ばれている）による水害が増えたそうだ。

あの地震は日付が日付だけに「四月馬鹿《ばか》震災」はどうかと気象庁内で提案があったのだが、あまりに不謹慎だ、ふざけていると大反対にあって撤回された、という都市伝説があり、そのせいなのか日本人は皆「四月馬鹿の前は」とか「四月馬鹿のあとに」と普通の会話で使っている。もっとも、同じ言葉を同じ意味でガイジンが言うのは許されない。

ウエットなアジアにおいても、冬は乾燥の季節だ。日本の女の子たちは乾燥に敏感で、みんな会うたびにクリームやミストウォーターを薦めてくれる。「ホシツ」はこのシーズンの合言葉だ。

2月某日　雨

新宿の映画館でK・K監督の回顧特集上映を観《み》る。

祖父が来日した70年代、東京の映画館でホラー映画を観ていた詩が残っている。

関東大震災の直前の話で、椅子《いす》の中に男が入っていて、その椅子の上で男女が情交に耽《ふけ》る、というような話だった。マユミに聞いてみたら、その原作は日本の著名なミステリー作家の短編だが、彼女が知っている映画化作品は90年代以降に作られたもので、心当たりがないと言われた。探してみる、とも言ってくれたが、祖父と同じく東京で同じフィルムを観られたら面白い、と思った程度なので、そんなにこだわらない。

私もK・K監督のホラー映画が好きだ。暗闇《くらやみ》の中を女が歩いてきて、何度もがくんと足をくじくところや、幽霊とおぼしき女の顔が半分だけ見えているところはとても気に入った。

外国で観るのなら、退屈な文芸映画よりはホラー映画だ。言葉がそんなに分からなくても楽しめるし、恐怖の描写にお国柄が出る。

新宿を歩いていたら、ニット帽とサングラスとマスクで顔を隠した男たちがビラを配っていた。たまに受け取る人もいるが、ほとんどの人たちは避けるようにして足早に通り過ぎる。地面に落ちたのを1枚拾って読んでみた。難しい漢字もあったが、こう書いてある。

「政府は即刻東京の戒厳令を解除せよ。もはや東京は復興した。現在の日本は震災の混乱収拾に名を借りたまま一部の独裁者に都合のいい超管理社会に移行させられているのだ。目覚めよ、東京都民。抵抗せよ、日本人」

どこからともなく警官が現れた。誰かが通報したのだろう。警官たちの姿を見るが早いか、男たちはたちまちバラバラと散って逃げてしまった。通行人は、それをちらっと見るだけで、皆無表情に通り過ぎていく。

3月某日　曇り

新宿で拾ったビラを日本人に見せると、誰もが口ごもって目を逸らす。

カナコはかなり率直なほうだが、外でその話はしないほうがいいわよ、とそっけなく言った。それにしても、日本の友人たちは私の質問に対してまるで一緒に練習していたみたいに同じような反応をし（顔に不透明な膜が張ったようになる）、そこから先に進もうとするとやんわりと言葉を濁す。そのラインはいつも同じところにあり、私には見えないラインが彼らには見えるらしい。「ノレンに腕押し」な気分になるが、かつて読んだマクミランの『世界比較文化事典』の一節が今も立派に通用すると知ってなぜか笑い出したくなってしまうのだ。それはこうだ……今も暗誦《あんしよう》できる。「…日本語は複雑で微妙なニュアンスをもち、ていねいさの度合によって少な

くとも４段階の言い換えが可能。…コミュニケーションには間接的な表現や言葉にならないニュアンスが多く含まれているが、日本人同士はそれを完璧《かんぺき》に理解する。…日本人は絶妙にコントロールされた集団的思考をもつ国民なのである」

日本にはみんなを黙らせるとても便利な言葉があるわ、とカナコは冷ややかに言っていた。

その魔法の言葉は「自粛」だそうである。

３月某日　曇り

近くに「暗闇坂《くらやみざか》」という名前の坂があって、名前のとおり昼間でもなんとなく暗い。

坂が急なのと、周りに古い建造物が多く、巨木がうっそうと繁《しげ》っているせいだろう。

本国でもずっと坂の多い街に住んでいたので、坂を歩くのは好きだ。もっとも、日本の坂は狭くて曲がりくねっていて見通しが悪い。

最近、このあたりでは「光る猫」が出る、という噂があるらしい。しかし、目撃したのは皆、ハッピーアワー以降日付が変わるまで呑《の》んでいるような呑んだくれの友人ばかりなので（つまり、夜間外出禁止令を破っている連中である。ガイジンは、露骨にそれを破っていても警官らに見て見ぬふりをされている）、ピンクの象とどこが違うのかというレベルである。それに、猫は夜行性な

のだから、光を反射して目が光っているだけだろう、と取り合わなかったが、話をよく聞いてみると、目が光っているのではなく、全身が発光している猫なのだ、という。

それで思い出したのは、あの「キャタピラー」のことで、あれも内側からぼんやりと発光している奇妙な「生き物」だったな、と考えた。あれ以来、「キャタピラー」に遭遇したことはなく、1300万都市の東京で100台というのは微々たる数で、見られないのも仕方がない。奇妙なことに、TVでもネットでも「キャタピラー」の映像や写真を見たことはなく、そのことから当局が「キャタピラー」に関する情報を削除していることは明らかである。

「光る猫」はそれとなんらかの関係があるのだろうか。猫が光るからといって、それがなんなのだと言われるような気もするが。

3月某日　晴れたり曇ったり

図書館に行く、とカナコに言ったら、何を調べるのかと聞かれた。

隠すようなことでもないので、日本の戒厳令について調べる、と答える。

すると、彼女は声を低めて「コンピューターでその言葉を検索したり、資料請求で借り出すのはやめたほうが

いい。開架式の書棚で関連する本を取り出して、図書館内で読むだけにして、コピーも取らないように」と言う。なぜかと聞くと、今の当局は「戒厳令」という言葉に敏感になっており、その言葉を検索する人間は必ずチェックされているというのだ。20世紀の終わりに東京で化学テロ事件が起きた時も図書館の貸出記録が調べられて問題になったが、今の日本はその比ではない、当局が戒厳令を敷くいちばんのメリットは、戒厳令下においては、通信の傍受や盗聴、信書の開封が可能になることなんだから、と言うのである。

そう言われると不安な気持ちになったが、図書館に出かけてゆき、おとなしくて幼い大学生たちや居眠りをしている男たちに混じって本を読む。なんとなく、彼らは「出がらし」のティーバッグに似ている。くすんでいて、くたっとして、灰色をしている。

3月某日　春一番吹く

春一番、というネーミングは素晴らしいが、この風の気まぐれな強さや、その冷たさには閉口させられる。

近所の和菓子店では菜の花や桜に見立てた生菓子が並び始めた。草餅《くさもち》は最初ヨモギの香りが苦手だったが、慣れてくるとその香りを吸い込まずにいられなくなる。抹茶のどろりとした感触も、生菓子にマッチすることが分かってくる。

茶会を時々開いてくれるコバヤシさんは元高校の歴史教師だったそうで、私が日本の戒厳令について聞くと静かな口調で「世間話として」話してくれた。

実は日本では真の意味での戒厳令は1度も敷かれたことがない。そもそも戒厳令は法律の整備が成されていなければ敷くこともできないわけで、当然明治以降の大日本帝国憲法が発布されてからということになるが、市民が完全に軍部の統制下に入るという意味での戒厳令は未《いま》だに敷かれていない。最もその状態に近かったのは日露戦争時の九州と北海道の海岸部の一部のエリアだけで、その間軍部が人やモノの出入りをチェックし、郵便もすべて開けていたが、それもごく短期間で解除された。その後は日比谷焼き打ち事件と関東大震災時と2・26事件の混乱を収拾するために軍部が動員された行政戒厳と呼ばれる緩やかなものが最後で、終戦間近、本土決戦が近いとされていた時期ですら戒厳令は敷かれなかった。

第2次大戦後、日本国憲法になり軍を持たない日本は戒厳令もなかったが、同盟国からの要請や周囲の環境の激変から専守防衛の名のもとに自衛隊が発足。それでもまだ戒厳令が必要とされる事態は幸運なことに起きなかった。

転機となったのは20世紀終盤の阪神・淡路大震災である。

自衛隊は原則として内閣総理大臣や被災地の自治体の

首長の要請があって初めて出動できるのであって、極端な話、被災地の首脳部が全滅していた場合、助けに行くことはできないということになる。自衛隊の判断だけで動いては明らかにシビリアン・コントロールに反するからだ。このジレンマを解決するための有事立法法案がさまざまな思惑と駆け引き、あるいは苦悩と妥協の末に成立し、少しずつ変えられていったが、「あの地震」によって今世紀初めて、「災害の混乱の収拾と復旧の秩序ある実施」のために、行政戒厳が敷かれたのである。

問題は、それから1年近く経《た》つというのに（赤ん坊だって生まれちまいますよねえ、とコバヤシさんは呟《つぶや》いた）、全くそれが解除される気配がないということだった。

恐らく、この機会を利用して、国家公安委員会や警察庁、国税庁などが市民の情報を徹底的に「洗って」いるのだろう、とコバヤシさんは言った。前世紀末より世界的な潮流として強まったプライバシーの概念、個人情報保護法などで手が出しにくくなった情報を求めていた彼らにとって、「秩序を回復するまで一時的に通信・情報を国家の管理下に置く」今回の事態は千載一遇のチャンスだったのだから。

情報は情報を求めるんですよ、とコバヤシさんは言った。

いったん集め始めると、集めること自体が目的となる。

漏れはないか、もっとないか、どこかに知らない情報があるのではないか、誰かが隠しているのではないかと疑心暗鬼になり、情報そのものが肥え太り、もっともっとと求めるようになるのだと。

散歩の帰り道、暗闇坂で何本かオレンジ色の光の筋が視界の隅を横切るのを見た。車のヘッドライトだったのかもしれない。ほんの短い時間だった。

3月某日　曇り

桜の蕾《つぼみ》が膨らんで赤くなっている。

「桜前線」はもう東京の近くまで来ているという。最初、天気予報で日本地図にピンク色の線が引いてあるのを見た時は何かの冗談かと思った。

日本人は皆桜に気をとられているが、純白の泡のようなユキヤナギも美しいし、モクレンの木にはたくさんの小鳥が止まっているかのようだ。

実際、最近よく白い鳩《はと》が空を飛んでいるのを見るし、日に日に数が増えているような気がする。

伝書鳩なの、とカナコは言った。最近、電話の盗聴やメールやブログの検閲が頻繁になり、郵便もかなりの量が開けられていると皆が感じているため、「会って話そう」というキャンペーンが草の根で起きているのだそうだ。また、手で書いた手紙を、郵便やメールではなく伝書鳩で運ぶという運動もあり、都内何箇所かに鳩の飛ぶ

ルートを作り、そこに皆が手紙を持ち寄ったり回収に行ったりする運動が徐々に盛んになり、組織的な市民グループが複数できているという。

それでなくとも、東京の空はにぎやかだ。古びた町並みの路地を歩いていて空を見上げると、金属でできた竜のようなビルが垂直に空に伸び、遠雷のような咆哮《ほうこう》を上げている。その瓦屋根《かわらやね》のような鱗《うろこ》には（そう、東洋の屋根瓦は竜の鱗を念頭に置いていたに違いない）ぎらぎらと太陽光が反射している。再開発で林立するクレーンに光が当たると十字架、あるいは墓標のよう。古い寺の上には松明《たいまつ》みたいな形のマンションがそびえている。1日に何度も銀色の飛行船が点滅しながら回遊し、何か歌を流している。この混ぜこぜの奇妙な風景が私は嫌いではない。

一説によると、「あの地震」は建設関係者や土地開発業者、または都市計画の専門家から見ると「微妙」だそうだ。東京のインフラを壊滅させるほどではない程度の破壊力で、都心の「上物」はほとんどそのまま残り、見えない部分の修復が技術的に困難で手間がかかるばかりで、彼らにしてみればほとんど旨《うま》みはないという。また被害が深刻だった下町などの古い住宅街は、地震保険にも入っていない上に個人所有の権利が細かく入り組んでいるので、再開発には長い時間が掛かると思われる。いっそのこと、全部倒壊してしまうような壊滅的なものだ

ったらよかったのに、という物騒な「感想」も出ているようで、意外に震災後の建設会社や資材関係各社の株価は上がっていないらしい。行政戒厳下の特例事項に、効率的で迅速な再開発のために、国が一時的に土地所有できるようにしてはどうか、という、不動産・建設業界および国土交通省からの要望が出ているという。一見筋が通っているように見えるが、よく考えると恐ろしい話だ。

3月某日　雨

日本の風景の特徴に、どこに行っても自動販売機があるというのがある。

コインも使えるが、ケイタイやカードなどで電子マネーを使うものがほとんどだ。

私はどうも日本の自動販売機が苦手だ。ロボットがそこにいるみたいで、人格を感じるのである。やたらピコピコ音を立てて点滅するし（東京は点滅が好きらしい）、「アリガトウゴザイマシタ」「3時間後ノ天気ハクモリデス」「容《い》レ物ガアツイノデゴ注意クダサイ」などと話しかけてきたりする。

この狭いエリアにこれだけの自動販売機があるのだから、東京全体にはどれほどあることか！　ふと、想像する。東京が真っ暗になったとして、東京中の自動販売機だけに明かりを点《つ》ける。そうしたら、無数の自動販売機の群れの光は脳のシナプスのように見えるのではない

か？　やがて、彼らは互いに連絡しあい、ネットワークを作り、情報をやりとりして、ひとつの意識を持ち始めるのではないか。そんな馬鹿なことを考えながらペットボトルの緑茶を買う。今日は桜餅だ。巻いた葉っぱの香りが、雨に強く香るような気がする。

4月朔日　晴れ

1日あるいは朔日を「ついたち」と読む、というのが何回聞いても理解できない。ふつか、みっか、よっか、というのはまだ分かるのだが。この日記のほとんどの日にちを「某」と書いているのは、日にちを特定しない曖《あい》昧《まい》さが面白いと思ったのと、ボウという響きが気に入ったからだ。

さまざまな追悼式典が行われており、家でおとなしく過ごす。

マユミが持ってきてくれた『人間椅子』という90年代の映画を観る。クレイジーな話だ。我が家のソファにフレディやジェイソンが入っていたら？　とんでもない！

私の仕事用の椅子がアーロン・チェアでよかった。

4月某日　晴れ

このところ冷蔵庫に入ったように寒い。桜の開花が遅れているらしい。「花冷え」という言葉もあるそう。

先月下旬あたりから、夜な夜な六本木付近に真っ黒なバスが現れるようになった。

特に、夜間外出禁止の時間帯になると、巨大なバスが次々と横付けされる。見ていると静かに前後のドアが開き、商業ビルから足早に出てきた人たちが乗り込み、あるいはバスから降りてビルに入っていく。夜間外出禁止令を「外出していなければいい」→「外を歩いていなければいい」と解釈し、「外に出ずに」繁華街を移動するのだという。公共交通機関はもう営業を終了したことになっているので、あくまで「私的な」送り迎えというタテマエになっているのだそうだ。私鉄や都バスの職員がアルバイトでやっているらしい。

当然ながらタクシーの運転手たちは「黒バス」は違法であり営業妨害だと抗議しているが、近所のレストランからバーに移動するためだけにタクシーに乗りたくないというのも分かる。窓をぴったりと黒いカーテンで覆《おお》った巨大なバスがジュズツナギに道路に横付けされているのは異様な眺めで、当局の白いキャタピラーと対照的に黒の幼虫が道路の上にうごめいているようだ。

4月某日　曇り

六本木の夜は一時騒然となった。

一斉検挙があり、黒バスと商業ビルとのあいだ、ほんの数メートルの舗道にいた市民が次々と当局に「しょっ

ぴかれて」いったのだ。「外出して」いたからという理由らしい。

4月某日　雨

しかし、市民もたくましい。たったの数日で、新たな黒バスが現れた。飛行機のタラップやバイオハザード用の通路のように、ドアの内側にジャバラ状のチューブが内蔵されており、チューブがビルの入口まで伸びるよう改造されているのだ。このバージョンアップしたタイプは、たちまち他の黒バスにも広がった。これなら「外に出て」はいない。あっというまに、六本木の道路に黒のキャタピラーたちが戻ってきた。

4月某日　晴れ

サクラサク！　久しぶりにすっきりと晴れて気温がぐんぐん上昇し、いっぺんに桜が開花した。噂には聞いていたが、夢のように美しい、否《いな》、夢のように空恐ろしい眺めだ。見ていると肌が粟立《あわだ》ち、ふうっとどこか異質な世界に紛れこんでしまいそうだ。毎日見て歩いていたはずの風景が一変してしまい、こんなにあちこちに桜の木があったのかと驚く。

桜の木の下には死体が埋まっている、とか、鬼がいる、とか言われるそうだが、それも納得させられる。いったいどんな養分を摂取したらこんな花を咲かせられるとい

うのか。

ものの凄《すご》い数の伝書鳩が空を飛んでいる。伝書鳩で私信を送る運動が広がっており、数分置きに鳩の群れが職業的な律儀《りちぎ》さで空を横切っていく。当然ながら、糞《ふん》に対する苦情も増えているらしい。連日回遊している飛行船も、最近歌が聞き取れるようになったが、実は歌ではなく独特のイントネーションで繰り返されている警告だった。

「鳩を野放しにするのはやめましょう。糞や羽などが落ちて都民の皆さんに迷惑です。建物を傷《いた》めたり、飛行機などの進路妨害になります。大量に飛ぶと電波障害の原因にもなります。鳩を野放しにするのはやめましょう。都民の皆さんの迷惑になります。マナーを守りましょう……」

4月某日　晴れ

桜の森に血の雨が降る。

日本文学のタイトルではない。文字通りの事実なのだ。

まさか、こんなのどかな日にあんな恐ろしい景色を見ることになろうとは。

友人や編集者たちと千鳥ヶ淵に花見に出かけた。いいお天気で、すでに桜の森の下はいっぱいだった。マユミの知り合いが場所を取っていてくれたので助かった。そこここに祝祭的な空気が満ちていて、こちらもどんどん高揚してくる。冷酒を飲んでいると頭と身体《からだ》の芯《しん》がじわ

じわと痺《しび》れてきて、宴会をする人々と二重写しにおかしなものが見えてくる。

　小柄で瘦《や》せた、足に包帯のような布を巻いた兵隊が一列に歩いていく。

　鬼の面を付けた長い着物姿の女が踊っている。

　足元を、ちょろちょろと笛や太鼓を持った小動物が走りぬける。

　そして、遠くの桜の下に、写真でしか見たことのない祖父がぬっと突っ立っているのが見えた。こっちを見ているようでもあり、ただ呆然《ぼうぜん》としているようにも見える。

　私も声を掛ける気はないし、第一、今見ているものがこの世のものなのかどうかも分からない。

　急に、空が翳《かげ》った。そう思ったのは、白い伝書鳩の群れが空を横切っていくからだった。定期便だろうか、いちだんと数が増えている。滅亡したリョコウバトが移動する時はこんな感じだったのかしらと思った時、パン、と何かが破裂するような澄んだ音がした。

　宴会の喧騒《けんそう》がほんの少し小さくなり、みんなが奇妙な表情で空を見上げた。

　花火かしら、とマユミが言った。

　が、続いて連続する発砲音が辺りを包んだ。

　何が起きたのか分からず誰もが凍り付いていると、バサッ、と空から何かが落ちてきた。

　周囲の目がそれを注目する。

鳩だった。白い鳩が、地面に落ちている。赤い血の染《し》みが、胸元に広がっている。

鳩は、次々と落ちてきた。花見客が悲鳴を上げて逃げ惑う。頭を直撃されたり、鍋《なべ》の中に落ちてきたり、桜の木に引っかかって遅れて落ちてきたり、パニックになっている。

見ると、お堀を囲むように機動隊（？　私には、警察と機動隊と自衛隊の区別がつかないのだ）がずらりと並び、空に向けて皆が銃のようなものを撃っている。

お堀の中にも点々と白い塊が浮いていて、とっさに白玉抹茶汁粉を思い浮かべてしまった。

射撃は終わらず、爆竹のような音が響き続けている。無差別に伝書鳩を撃ち落としているのだ。

と、マスクをし、つなぎを着た男たちがばたばたと駆け込んできて、拡声器で叫んだ。

「鳩に触らないでください。鳩に触らないでください。そのままにしてください。これらの鳩は鳥インフルエンザのウイルスを持っている疑いがあります。これから回収しますのでここを離れてください」

男たちは、手袋をはめた手で、手際《てぎわ》よく次々と鳩をビニール袋の中に放り込んでいった。

嘘《うそ》だ、と隣でマユミがつぶやいた。鳥インフルエンザなら、マスクと手袋程度で済むはずないでしょう。鳩の足の手紙が目当てなんだ。

私は呆然と男たちが鳩を回収するのを眺めていた。それは、モクレンの花が地面に落ちているようだった。視界の隅に、遠くで祖父がのろのろと困惑したように首を振っているのが見えた。

4月某日　晴れ

富士見、の地名はダテではない。

マユミの勤める会社の編集部に行った。東京は坂が多いし、「富士見台」や「富士見坂」という地名も多いが、実際にそこから富士山が見えることも多いのだという。

ここからも見えますよ、とマユミは近くのホテルの最上階のレストランに連れていってくれた。今日は空気が澄んでるから。確かに、高層ビルの立ち並ぶ街のはるか遠くに、絵葉書やガイドブックで見たシルエットが浮かんでいる。私は歓声を上げた。

この地名が付いた頃は、高い建物が少なくて、どこからも見えたんでしょうね。あの地震のあと、今度は富士山が噴火する、という噂がいっとき凄かったんです。

あれが噴火したら凄いでしょうね、と私は答えた。

江戸時代に噴火した時は、「核の冬」状態になって、凶作続きだったそうですよ。

その光景が浮かんだ。真っ黒な雲が何ヶ月も空を覆い、草木が枯れて灰色になった世界。

一方で、噴火しているところを見てみたい、とチラッ

と思った。巨大な花火を打ち上げているような、虹《にじ》が地球から噴き出してくるような、悪夢のように美しい眺めなのではないだろうか。

どうですか、進んでますか、東京日記。

マユミがにっこりと微笑《ほほえ》んで見せるが、その目は笑っていない。祖父と同じく、東京の滞在記を書いて渡すことになっている。編集者の目はどこの国でも同じである。

まあまあです、と私は答える。祖父のような素晴らしい散文詩ではないけれど。

おじいさまと同じである必要はないでしょう。あなたは別の人間なんですから。

マユミはそう言って笑った。

風もなく、空は澄んでいて、飛行船だけが回遊している。「鳥インフルエンザ感染の可能性がある」という理由で、都内にあった鳩舎《きゅうしゃ》はすべて封鎖され、鳩は回収された。当局の口実なのは見え透いていたものの、鳩に触れることを恐れて離れていった市民も多かったと聞く。飛行船のアナウンスを、市民は徐々に注意深く聞くようになっていた。その内容が、当局が市民に向けた警告であるという噂が広まっていたからである。今日は「東京の完全なる復興に向けて、皆さんがんばりましょう」とオウムのように繰り返すだけだった。

4月某日　曇り

私は宵っぱりなので、ゆうべも遅くまで本を読み、眠りに就いたのは明け方だった。

夜明けとともに寝て、10時くらいに起きるのがなんとなく習慣になっていたが、今朝は何か異様な気配を感じてぱっちりと目が覚めた。

起きると、TVの音がした。とっくに出社しているはずのカナコが居間でTVに見入っていたのだ。

会社はどうしたの、と聞くと、朝から外出禁止令が出てる、と言う。

未明に主要官庁や警視庁をはじめ、都内十数箇所にサイバーテロ攻撃が加えられたため、あらゆる交通機関が止まっているという。

さっきまで停電してたのよ、とカナコはいつものように無表情で教えてくれる。

こっそり大通りまで出てみたら、信号も全部止まってて、変な感じだった。

静かだねえ、と私は窓の外に目をやった。見たところ、何も普段とは変わらない。

風のない穏やかな朝だ。八重桜が咲き始めている。

ベランダの隅っこで、最近ここを通り道にしている野良猫が顔を洗っている。もちろん、本物の（光らないほうの）猫だ。猫にとっては、全く何の影響もないのだろう。

なんか嘘くさいなあ、とカナコが呟く。聞きとがめると、噂が流れてたのよ、という返事。今日サイバーテロがあるって。だからどこの会社も自主休業するって。

自粛だね、と私が言うと、カナコはちょっとだけ笑って頷《うなず》いた。そう、自粛よ。

あたしが小さい子供の頃、そう、例の化学テロを起こしたカルト教団の件で大騒ぎになってた時、同じようなことがあったわ。教団に強制捜査が入る日に、都内でまた化学テロを起こすって噂が広がって、平日なのに、その日はみんな店を閉めちゃったの。さすがに鉄道は動いてたし、ほとんどの人はいつも通り出勤したんだけど、当時TVで見た映像にはびっくりしたわ。だって、新宿駅の改札の周り、全部の店にシャッターが下りてるのよ？　お盆やお正月だってあんなに閉まらないのに。

それで、テロはあったの？　私が聞くと、カナコは首を振った。いいえ。なかったわ。

結局この日、外出禁止令は正午ぴったりに解除になり、カナコは午後から会社に出かけていった。幸い、このサイバーテロによる人的被害はなかったという。

4月某日　霧雨

何箇所かは本当に攻撃があったんじゃないかな。

コバヤシさんは「世間話」を始めた。床の間には青紫色のこぶりなショウブが活《い》けられていて清々《すがすが》しい。

果たしてニュースで流していたような規模だったかどうかは疑わしいけどね。特に、あの停電。都内一斉に停電するというのは俄《にわ》かに信じがたい。

じゃあ、あれは何だったんでしょう。

私はそう聞きながら、初めて見る和菓子を口に入れる。四角いピザのようで、上の面はこんがり焼き色が付いていて、芥子《けし》の実が散らしてある。焼き菓子のようだったが、不思議な味がした。甘いような、しょっぱいような。

私がよほどおかしな顔をしていたのか、コバヤシさんと奥様は愉快そうに笑った。

それはね、白味噌《しろみそ》が入っているんです。後味が少ししょっぱいでしょう。

私は納得した。これは、確かに味噌の味だ。

たぶん、次はテロリストを探すという口実で来るんでしょうねえ。

コバヤシさんは独り言を言う。

震災後の混乱に乗じて、悪意を持った人間によるサイバーテロが起きた。サイバーテロは私たちの生活に対する脅威である。そんなテロを起こす人間が私たちの身近にいる。都民の安全と生活を脅《おびや》かす者は許されない。あなたたちも自分たちの安全を守るために協力しなければならない……。

コバヤシさんは顔を上げ、にこっと笑って私を見た。が、私が何か言おうとする前に漆の盆に載せられた菓子

に目をやる。

これは松風といって、とても古くからあるお菓子なんです。織田信長と戦っていたお寺の僧侶《そうりよ》たちが、兵糧《ひようろう》として持っていたと言われています。兵隊さんの携行食ですね。

織田信長は知っている。戦国時代の武将で、非常に独創的で先鋭的な人物だったが、気性の激しさが災いして部下に背かれたとか。

どうして松風という名前なんでしょう。美しい名前だけれど。

いろいろな説があります。そのお菓子、表には焼き色が付いていますが、裏には何も付いてないでしょう。「松風ばかりで浦（裏）さびし」という言葉にちなんだと言われています。

コバヤシさんは、紙に書いて読みが同じ２つの漢字の意味を教えてくれた。

能楽に「松風」という演目があります。須磨《すま》の浦《うら》という浜辺で、松風と村雨《むらさめ》という姉妹の亡霊が同じく亡《な》き在《あり》原 行平《わらのゆきひら》を慕って踊りますが、一夜が明けたら、松を通り抜ける風だけが残っていた、という話です。

ようやく話がなんとなく理解できた。

コバヤシさんは話を続ける。

日本では松風というと浜辺というイメージがあります。松風が波の音を連想させるんですね。別の説では、信長

と戦ったお寺の門跡……法王みたいにいちばん偉い人ですね……のいたお寺は、最初は大阪湾のそばにあったんですが、10年にも及ぶ戦いと講和の末、最終的に京都に移るんです。その頃には、一門の僧侶の携行食が庶民にも広まって、お菓子として食べるようになっていた。それを見て、彼は「わすれては波のおとかとおもふなりまくらにちかき庭の松風」という歌を詠《よ》むんですね。かつて住んでいた海辺の波の音を聞いているのかと思ったら、松風だった、という。その歌から「松風」という名前がついたというんです。

あまりに複雑で重層的な話なので、理解するのに時間が掛かった。いや、たぶん私にはコバヤシさんの話が本当に意味するところをほとんど理解できていないのだろう。

5月某日　曇り

東京都の出生率が上がっているという。9・11のあとのNYも上がったのを思い出す。生命の危険を強く感じると、子孫を残さなければという危機感が募るためだろう。

週刊誌が売れているらしい。新聞やTVではほとんど報道されない都民生活の締め付けについて、週刊誌だけがさまざまな怪しげな陰謀論も含め、毎週載せているからだ。

社会的なブログがどんどん削除され、閉鎖に追い込まれている（むろん、公《おおやけ》には自己都合ということになっている）ので、むしろ紙メディアのほうが自由である。

酒と本も売れている。夜間外出禁止令のせいで自宅で飲む人が増えたいっぽう、かえって外で朝まで遊ぶ人も増えている。ライフスタイルは二極化している。禁欲的なタイプと、密《ひそ》かに享楽《きょうらく》的なタイプと。駄目だと言われると破りたくなるものさ、禁止令のおかげで前より夜遊びが楽しくなった、という日本人を何人か知っている。本を読ませるには本を禁止するに限るわ、とマユミが言っていたっけ。

5月某日　晴れ

図書館にいたら、突然、警官隊が踏み込んできた。テロリストの疑いがあるものが館内にいるというのだ。館長が真っ青な顔で飛び出してきて抗議したが、警官たちは「市民からの通報です」と言っただけで、中にいた利用客の入館証の番号を調べ、１人の若い男を連れていった。ひょろっと背の高い、あどけない顔をした男はぽかんとしており、なぜ自分が連れていかれるのか分かっていない様子だった。パソコンのアクセス先が「覗《のぞ》かれて」いたことは明らかで、館内の司書たちは皆怒りに顔を引きつらせていた。

6月某日　雨

6月ツイタチが鮎釣《あゆづ》りの解禁だったそうで、マユミが若い鮎の姿を模したお菓子をくれた。私の好きなギュウヒが入っているので、このお菓子は好みだ。鮎そのものは独特の苦味があるので苦手である。

マユミにこれまでの日記を読んでもらう。もっと書くように促される。

6月某日　梅雨入り

連日雨。「梅雨」の字の通り、この時期、梅というプラムに似た果物が出回る。

カナコが梅酒を漬けるのを手伝う。竹の細い棒でヘタをこそげ取り、氷砂糖とホワイトスピリッツで漬け込むのだ。梅酒用のボトルがよく出来ている。お土産に買っておく。

6月某日　雨

東京タワーのライトアップは、色やデザインが日によって異なる。

何かの暗号になっているという噂もある。

飽きずに降り続ける雨の中を、傘を持たずにフード付きのレインコートを着て夜に散歩するのが最近の習慣だ。日本人はちょっとの雨でも必ず傘をさす。

夜は暗い。人も歩いていない。雨に滲《にじ》む東京タワーは

どこか「黙示録的風景」という言葉を思い起こさせる。夜の雨はため息にも愚痴にも似て、どこまでも同じ強さで降り続ける。

数日前に腕時計が止まってしまった。電池を換えればいいのだが、なんとなくそのままにしてある。祖父の本にも、壊れた時計を持って東京を歩くという詩があったのと、もし外出を警官に咎《とが》められても時計が止まっていてその時間帯になったことに気付かなかったと言い訳できるからだ。

相変わらず、路地のあちこちに佇《たたず》む自動販売機を見るとギョッとする。自動販売機の点滅が、東京タワーの点滅とシンクロして見える。自動販売機は、何かをブツブツと呟いている。耳を澄ましてみるが、意味不明だ。

6月某日　雨

歌舞伎座で歌舞伎を観る。

異空間に異形のメイク、異様に派手な衣装、異質なポーズ。不思議なサーカスを観ている気分。独特の掛け声、花道で踊る「その他大勢」の人々。

役者たちは妙に引き伸ばされたテンポで顔や身体を傾ける。

やがて、彼らの顔がぐるりぐるりと回り始めた。縁日で見かけた風車のように、顔だけが着物の上で回っている。

ふと見ると、客席の観客の顔も回っている。拍手したり歓声を上げたりする観客の顔が勢いよく回っているので、表情はよく見えない。

もしかすると私の顔も回っているのだろうか。

6月某日　曇り

チンドン屋、というのは古くからある大道芸だそうだ。

今日、図書館からの帰りに仙台坂を下りていたら、にぎやかに笛や太鼓を鳴らしながら坂を上ってくる一団に出会った。

先頭を行く男は、このあいだの歌舞伎に出てきた衣装に似たものを着け、身体の前に太鼓を抱えてどんどん打ち鳴らしている。日本髪の女性もいる。白塗りの化粧、ピエロのような笑みを浮かべた裂けた唇。ボブ・カットの子供もいたし、大きな猫もいたように思う。

私と同様、他の通行人もあっけに取られた顔でその一団を眺めていた。「本日　新装開店」というタスキを掛けている。

奇妙な節回しで、やけに明るい歌を歌っている。歌詞はよく聞き取れなかったが、途中で何度も声をそろえて繰り返す「サビ」だけは聞き取れた。

「励ましたい　励ましたい　東京励ましたい
　励ましたい　励ましたい　日本励ましたい」

そのフレーズだけがやけに頭に残る。

数えてみると８人（猫も含めて）だったが、彼らはゆったりと坂を上ってゆき、交差点を曲がって見えなくなった。

６月某日　雨

あのチンドン屋は近頃話題になっているようで、どこからともなく現れ、あの歌を歌いながらにぎやかに通り過ぎるという。「本日　新装開店」というのはパチンコ屋が新しい台を入れた時に使う宣伝文句で、パチンコ屋の開店にチンドン屋が使われることは珍しくないが、あのチンドン屋はどこのパチンコ屋が依頼したのか誰も知らない。歌の内容はかなり風刺的なもので、当局も関心を持っているようだ。彼らはいつのまにか「東京励まし隊」と呼ばれていて、ラジオでもあのフレーズが流れるようになった。

６月某日　大雨

梅雨末期を迎えるとこうなるのだそうで、連日激しい雨。

TVを観たら、揃《そろ》いのミニスカートを穿《は》いたお人形みたいな女の子が十数人、どこかで聞いた歌を歌っている。アレンジで変わっているが、チンドン屋が歌っていた曲だった。

「TOKYOはげまし隊アンリミテッド」というチーム。

隣でカナコが大受けしていた。

歌詞の内容は、当局も文句のつけようもないポジティヴかつ「正しい」もので、そのこと自体があのチンドン屋を知っている都民にとってはすごい皮肉なのだそうである。

6月某日　雨

今日、コバヤシさんの家に行ったら、奥様が混乱した顔で出てきた。

コバヤシさんが、朝早く警官に連れていかれたというのだ。

夫が出る時に知り合いの弁護士に相談するように言い残していったので、連絡したところが、何がどうしてだかさっぱり、と首を振る。

ごめんなさい、今日はお茶会を開けないわ、これをいただく予定だったのだけど、お持ちになってください、と奥様は私にお菓子の箱を渡した。

アジサイの花を模したお菓子。私はぼんやりと先生の家の庭にある本物のアジサイを見た。七色に変化するというのは単なる迷信かと思っていたら、本当に色が変わっているので驚いた。

6月某日　雨

コバヤシさんはまだ家に戻っていない。サイバーテロ

の首謀者の容疑がかけられているらしい。

今日、私のところにも警官が来た。私がコバヤシさんの家に出入りしていたことが近所の人の証言から知れたのだ。せいぜい日本文化好きのガイジンを演じる。「ねほりはほり」質問をしていたが、じきに帰国することを告げるとたちまち興味を失ったようだった。「和菓子は低カロリーで脳にもいいですよ」とその時食べていた甘納豆をすすめると、けげんそうな顔で帰っていった。

6月某日　雨

東京の梅雨はまだ明けない。

夜の東京を散歩する。マユミは、私の「東京日記」は本国に持ち帰ってそちらで出してほしいと言う。日本では出せない可能性が高くなってきたというのだ。

久しぶりにキャタピラーを見た。幻かもしれない。しかし、雨の交差点をゆっくりと横切っていくのはあのオレンジ色の光を内蔵した白い幼虫だ。雨のフィルターの向こうを、夢のように通り過ぎていく。よく見ると、中で踊っている人影がある。太鼓の影、猫の影、日本髪の影。どうやら、「東京励まし隊」が中で踊っているらしい。

6月末日　薄曇り

どんよりとした空で、いっとき雨が止《や》んだ。

カナコとマユミ、友人たちが見送りに来てくれる。

私の「東京日記」は必ず完成させて本にするとマユミに約束する。「差し障《さわ》りない」箇所を抜粋したものは彼女が既に原稿に起こしてくれた。私が帰国後、日本の雑誌に掲載する予定だ。帰ったら、メモや写真を元に加筆し、じっくり1冊の本に仕上げていこうと思う。

奇《く》しくも祖父と同じ日に帰国することになった。

6月末日に東京を発《た》って、6月末日に本国に。16時間遅れの国に帰るのだ。

日本の四月馬鹿は、私の国では3月末日である。

私の子供は、私の孫は、また東京に来ることができるだろうか。日本への入国は、日増しに厳しくなっているらしい。いつまでも解除されない行政戒厳に抗議する知識人たちが連日のように勾留《こうりゅう》されている。コバヤシさんは、私が東京にいるあいだにとうとう自宅に戻ってこなかった。

飛行機の中で、友人がくれた包みを開けると、色とりどりの可愛《かわい》らしいコンペイトウだった。小さな星ぼし。もう、季節ごとの和菓子が食べられないと思うと残念だ。トランクの中には、きちんとたたんだ和菓子のケースや包み紙がぎっしり入っている。梅酒用のボトルも。

小さなピンク色の星をそっと口に入れる。

ほのかな甘みと共に、ひとつの宇宙が口の中ではじけた。

この作品は平成二十四年十二月新潮社より刊行された。
「劇場を出て」の『桜の園』の台詞は小田島雄志訳によるものです。

恩田陸著

六番目の小夜子

ツムラサヨコ。奇妙なゲームが受け継がれる高校に、謎めいた生徒が転校してきた。青春のきらめきを放つ、伝説のモダン・ホラー。

恩田陸著

ライオンハート

17世紀のロンドン、19世紀のシェルブール、20世紀のパナマ、フロリダ……。時空を越えて邂逅する男と女。異色のラブストーリー。

恩田陸著

図書室の海

学校に代々伝わる〈サヨコ〉伝説。女子高生は伝説に関わる秘密の使命を託された——。恩田ワールドの魅力満載。全10話の短篇玉手箱。

恩田陸著

夜のピクニック

吉川英治文学新人賞・本屋大賞受賞

小さな賭けを胸に秘め、貴子は高校生活最後のイベント歩行祭にのぞむ。誰にも言えない秘密を清算するために。永遠普遍の青春小説。

恩田陸著

中庭の出来事

山本周五郎賞受賞

瀟洒なホテルの中庭で、気鋭の脚本家が謎の死を遂げた。容疑は三人の女優に掛かるが。芝居とミステリが見事に融合した著者の新境地。

恩田陸著

朝日のようにさわやかに

ある共通イメージが連鎖して、意識の底にある謎めいた記憶を呼び覚ます奇妙な味わいの表題作など14編。多彩な物語を紡ぐ短編集。

恩田陸著

隅の風景

ビールのプラハ、絵を買ったロンドン、巡礼旅のスペイン、首塚が恐ろしい奈良……求めたのは小説の予感。写真入り旅エッセイ集。

角田光代著

キッドナップ・ツアー

産経児童出版文化賞・路傍の石文学賞受賞

私はおとうさんにユウカイ(=キッドナップ)された！　だらしなくて情けない父親とクールな女の子ハルの、ひと夏のユウカイ旅行。

角田光代著

さがしもの

「おばあちゃん、幽霊になってもこれが読みたかったの?」運命を変え、世界につながる小さな魔法「本」への愛にあふれた短編集。

角田光代著

くまちゃん

この人は私の人生を変えてくれる？　ふる／ふられるでつながった男女の輪に、恋の理想と現実を描く共感度満点の「ふられ小説」。

角田光代著

よなかの散歩

役に立つ話はないです。だって役に立つことなんて何の役にも立たないもの。共感保証付、小説家カクタさんの生活味わいエッセイ！

金城一紀著

映画篇

たった一本の映画が人生を変えてしまうことがある。記憶の中の友情、愛、復讐、正義……。物語の力があなたを救う、感動小説集。

米澤穂信著

ボトルネック

自分が「生まれなかった世界」にスリップした僕。そこには死んだはずの「彼女」が生きていた。青春ミステリの新旗手が放つ衝撃作。

米澤穂信著

儚い羊たちの祝宴

優雅な読書サークル「バベルの会」にリンクして起こる、邪悪な5つの事件。恐るべき真相はラストの1行に。衝撃の暗黒ミステリ。

吉野万理子著

想い出あずかります

毎日が特別だったあの頃の想い出も、人は忘れられるものなの？　ねえ、「おもいで質屋」の魔法使いさん。きらきらと胸打つ長編小説。

道尾秀介著

向日葵の咲かない夏

終業式の日に自殺したはずのS君の声が聞こえる。「僕は殺されたんだ」。夏の冒険の結末は。最注目の新鋭作家が描く、新たな神話。

道尾秀介著

片眼の猿
—One-eyed monkeys—

盗聴専門の私立探偵。俺の職業だ。今回の仕事は産業スパイを突き止めること、だったはずだが……。道尾マジックから目が離せない！

道尾秀介著

龍神の雨

血のつながらない父を憎む蓮。実母を殺したのは自分だと秘かに苦しむ圭介。降りやまぬ雨、ひとつの死が幾重にも波紋を広げてゆく。

宮部みゆき著

魔術はささやく

日本推理サスペンス大賞受賞

それぞれ無関係に見えた三つの死。さらに魔の手は四人めに伸びていた。しかし知らず知らず事件の真相に迫っていく少年がいた。

宮部みゆき著

レベル7《セブン》

レベル7まで行ったら戻れない。謎の言葉を残して失踪した少女を探すカウンセラーと記憶を失った男女の追跡行は……緊迫の四日間。

宮部みゆき著

返事はいらない

失恋から犯罪の片棒を担ぐにいたる微妙な女性心理を描く表題作など6編。日々の生活と幻想が交錯する東京の街と人を描く短編集。

宮部みゆき著

龍は眠る

日本推理作家協会賞受賞

雑誌記者の高坂は嵐の晩に、超常能力者と名乗る少年、慎司と出会った。それが全ての始まりだったのだ。やがて高坂の周囲に……。

宮部みゆき著

本所深川ふしぎ草紙

吉川英治文学新人賞受賞

深川七不思議を題材に、下町の人情の機微とささやかな日々の哀歓をミステリー仕立てで描く七編。宮部みゆきワールド時代小説篇。

宮部みゆき著

火　車

山本周五郎賞受賞

休職中の刑事、本間は遠縁の男性に頼まれ、失踪した婚約者の行方を捜すことに。だが女性の意外な正体が次第に明らかとなり……。

乃南アサ著

女刑事音道貴子
凍える牙
直木賞受賞

凶悪な獣の牙——。警視庁機動捜査隊員・音道貴子が連続殺人事件に挑む。女性刑事の孤独な闘いが圧倒的共感を集めた超ベストセラー。

乃南アサ著

女刑事音道貴子
花散る頃の殺人

32歳、バツイチの独身、趣味はバイク。かっこいいけど悩みも多い女性刑事・貴子さんの短編集。滝沢刑事と著者の架空対談付き！

沼田まほかる著

九月が永遠に続けば
ホラーサスペンス大賞受賞

一人息子が失踪し、愛人が事故死。そして佐知子の悪夢が始まった——。グロテスクな心の闇をあらわに描く、衝撃のサスペンス長編。

沼田まほかる著

アミダサマ

冥界に旅立つ者をこの世に引き留める少女、ミハル。この幼子が周囲の人間を狂わせる。ホラーサスペンス大賞受賞作家が放つ傑作。

帚木蓬生著

三たびの海峡
吉川英治文学新人賞受賞

三たびに亙って〝海峡〟を越えた男の生涯と、日韓近代史の深部に埋もれていた悲劇を誠実に重ねて描く。山本賞作家の長編小説。

帚木蓬生著

閉鎖病棟
山本周五郎賞受賞

精神科病棟で発生した殺人事件。隠されたその動機とは。優しさに溢れた感動の結末——。現役精神科医が描く、病院内部の人間模様。

筒井康隆著　旅のラゴス

集団転移、壁抜けなど不思議な体験を繰り返し、二度も奴隷の身に落とされながら、生涯をかけて旅を続ける男・ラゴスの目的は何か？

筒井康隆著　家族八景

テレパシーをもって、目の前の人の心を全て読みとってしまう七瀬が、お手伝いさんとして入り込む家庭の茶の間の虚偽を抉り出す。

筒井康隆著　七瀬ふたたび

旅に出たテレパス七瀬。さまざまな超能力者とめぐりあった彼女は、彼らを抹殺しようと企む暗黒組織と血みどろの死闘を展開する！

島田荘司著　写楽　閉じた国の幻（上・下）

「写楽」とは誰か——。美術史上最大の「迷宮事件」を、構想20年のロジックが打ち破る！　現実を超越する、究極のミステリ小説。

志水辰夫著　行きずりの街

失踪した教え子を捜しに、苦い思い出の街・東京へ足を踏み入れた塾講師。十数年分の過去を清算すべく、孤独な闘いを挑むが……。

原田マハ著　楽園のカンヴァス　山本周五郎賞受賞

ルソーの名画に酷似した一枚の絵。秘められた真実の究明に、二人の男女が挑む！　興奮と感動のアートミステリ。

新潮社ストーリーセラー編集部編
Story Seller
日本のエンターテインメント界を代表する7人が、中編小説で競演！ これぞ小説のドリームチーム。新規開拓の入門書としても最適。

新潮社ストーリーセラー編集部編
Story Seller 2
日本を代表する7人が豪華競演。読み応え満点の作品が集結しました。物語との特別な出会いがあなたを待っています。好評第2弾。

新潮社ストーリーセラー編集部編
Story Seller 3
新執筆陣も加わり、パワーアップしたラインナップでお届けする好評アンソロジー第3弾。他では味わえない至福の体験を約束します。

新潮社ストーリーセラー編集部編
Story Seller annex
有川浩、恩田陸、近藤史恵、道尾秀介、湊かなえ、米澤穂信の六名が競演！ 物語の力にどっぷり惹きこまれる幸せな時間をどうぞ。

新潮社ミステリーセラー編集部編
Mystery Seller
日本を代表する8人のミステリ作家たちの豪華競演。御手洗潔、江神二郎など人気シリーズから気鋭の新たな代表作まで収録。

新潮社編
鼓動
—警察小説競作—
悪徳警官と妻。現代っ子巡査の奮闘。伝説の警視の直感。そして、新宿で知らぬ者なき刑事〈鮫〉の凄み。これぞミステリの醍醐味！

私《わたし》と踊《おど》って

新潮文庫　お－48－12

平成二十七年五月一日発行

著者　恩《おん》田《だ》陸《りく》

発行者　佐藤隆信

発行所　株式会社新潮社

郵便番号　一六二―八七一一
東京都新宿区矢来町七一
電話　編集部(〇三)三二六六―五四四〇
読者係(〇三)三二六六―五一一一
http://www.shinchosha.co.jp

価格はカバーに表示してあります。

印刷・大日本印刷株式会社　製本・加藤製本株式会社

ISBN978-4-10-123423-6 C0193

交信

どこにいる／どこにいる／返事をしてくれ／返事をしてくれ／捜している／捜している
みんな心配しているぞ／返事をしてくれ／聞こえるか／聞こえるか／一言でいいから　ンン
今のは何だ／今のがそうか／今のがそうかもしれない／もう一度返事をしておくれ　ンン
やっぱりそうだ／返事したぞ／見つかったぞ／どこだどこにいる／バッテリーが　サムイ
バッテリーが切れてる／姿勢制御をしないと／太陽に向けて／どうすればいい　サムイヨ
ガスを出せ／キセノンガスで体勢を立て直す／プログラムを／作動させるぞ　オキラレタ
帰還が遅れる／三年かかるぞ／燃料が足りない／光圧を／光圧を利用して　アッタカイナ
太陽からの風だな／姿勢が安定した／バッテリー充電／焦るな少しずつ　ズイブントオク
遠い／まだ遠い／帰ってこい／みんな待ってる／カプセル離すなよ　ナンダカオカシイヨ
遠い／とても遠い／まだあんなところにいるのに／ああとうとう　ぷすぷすイッテイルヨ
イオンエンジンが／最後のエンジンが止まってしまった／神様　チカラハイラナイミタイ
四基のうちの最後が／時間が掛かりすぎてる／駄目だった　シズカダヨチカラハイラナイ
ここまでがんばったのに／とっくに耐用年数を過ぎてる　ウゴケナクナッチャッタナンデ
つなげるのか／つなげられるのか／独立したエンジン　ドウスレバイイノカナツマンナイ
回路を／回路を作っておいたって／エンジンつなぐ　クスグッタイナオナカガアッタカイ
つながった／つながったぞ／帰ってこれるぞお　アレガカエリミチダッテイソガナクチャ
帰ってくる／新月の晩に／砂漠に／七年ぶり　ドンドンカソクシテルモウスコシガンバル
助けられない／燃え尽きるしか／すまん　チカヅイテキタソロソロホウリダスヨイショ
カプセル分離／よくやった／おおい　アオイキレイキコエルかめらシャシントルンダッテ
お帰りなさい　アオイオオキイキレイアツイイマミンナニナルイマミンナニトケテイクヨ

交信

お帰りなさい　アナタキキフイシジイムツンナニナライムツンナニイヤテイクヨ
カプセル分離／よくやった／おつかれ　アタイキフイキロエラざめジャンジイラダツテ
助けられない／燃え尽きるのか／すまない　キカジイテキタンロンロホウニダスヨヨイジヨ
帰ってくる／新月の晩に／砂漠に／七年ぶりに　ドンドンカウジテルモウスコジガンバル
しなかった／しなかった／帰ってきるぶお　アフガカエミキダツテインガノクモキ
回路を／回路を作っておいた／エンジンじゃなく　ウスダツイナオカガブジタカイ
しなぼきるのか／しなぼきるのか／独立したエンジン　ドウスバイノカナジムンナイ
ここまでがんばったのに／とっくに耐用年数を過ぎている　ウブロウヤナッキヤタナッンテ
四基のうちの最後が／時間が掛かりすぎる／駄目だった　ジンスカタヨミチカラシハイラナイ
イオンエンジンが／最後のエンジンが止まってしまった／神様　チカラハイラナイタイ
遠い／それでも遠い／まだあきらめていないのに／あきらめい　ぷすぷすイッテルヨ
遠い／まだ遠い／帰ってこい／みんな待っている／カプセル離すなよ　ナンダカカジイヨ
太陽からの風だな／姿勢が安定した／バッテリー充電／焦るな少しずつ　ズイブンテオウ
帰還が遅れる／三年かかる／燃料が足りない／光圧を／光圧を利用して　アッタカイナ
ガスを出せ／キセノンガスで本体姿勢を立て直す／プログラムを／作動させるぞ　オキルフタ
バッテリーが切れている／姿勢制御ができない／太陽に向けなければ　サムイヨ
のりはいいんだ／返事してくれ／見かけたか／ぜいいんだ、いる／バッテリーが　サムイ
今のは何だ／今のがあいつかもってきたな、／もう一度返事をしておくれ　ンン
みんな心配してるぞ／返事をしてくれ／聞いているか／聞いているか／一言でいいから　ン
ジいいている／ジいいている／返事をしてくれ／返事をしてくれ／捜している／捜している